淡海《おうみ》文庫 65

サンライズ出版

福井 栄一 著

現代語訳 近江の説話

——伊吹山のヤマトタケルから三上山のムカデまで

SUNRISE

まえがき

近江が登場する説話は数多いのですが、古語で書かれているという理由だけで、ほとんど注目されず、読まれないまま放置されています。

なんとも惜しいことです。

そこで、読みやすい現代語に訳して、一冊にまとめてみました。

どうか、喰わず嫌いをなさらず、お好きなページから読み進めてみて下さい。

近江の魅力があふれ出て来るはずです。

二〇二〇年四月

福井栄一

目次

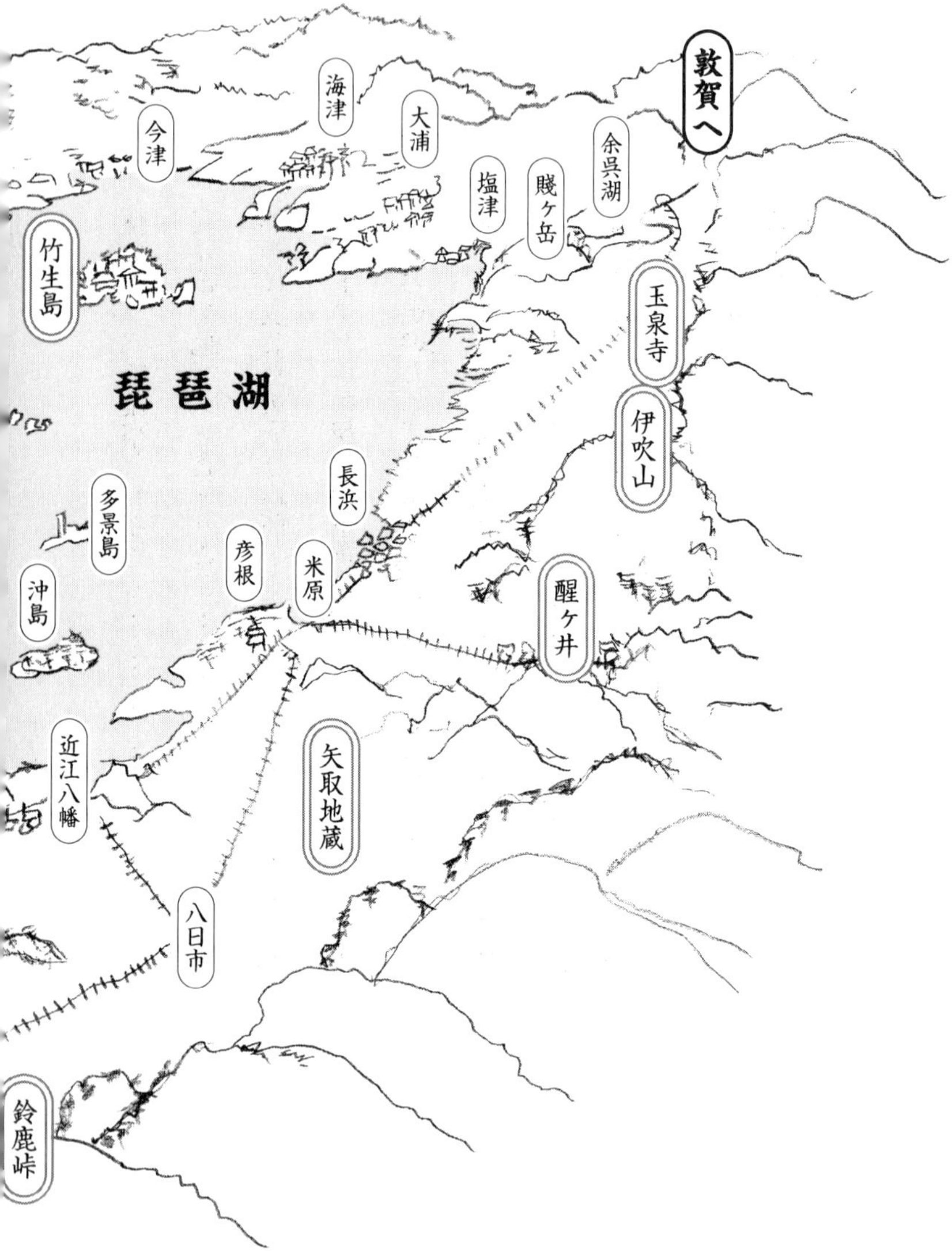
敦賀へ
海津
今津
大浦
余呉湖
塩津
賤ヶ岳
竹生島
玉泉寺
琵琶湖
伊吹山
長浜
多景島
彦根
米原
沖島
醒ヶ井
矢取地蔵
近江八幡
八日市
鈴鹿峠

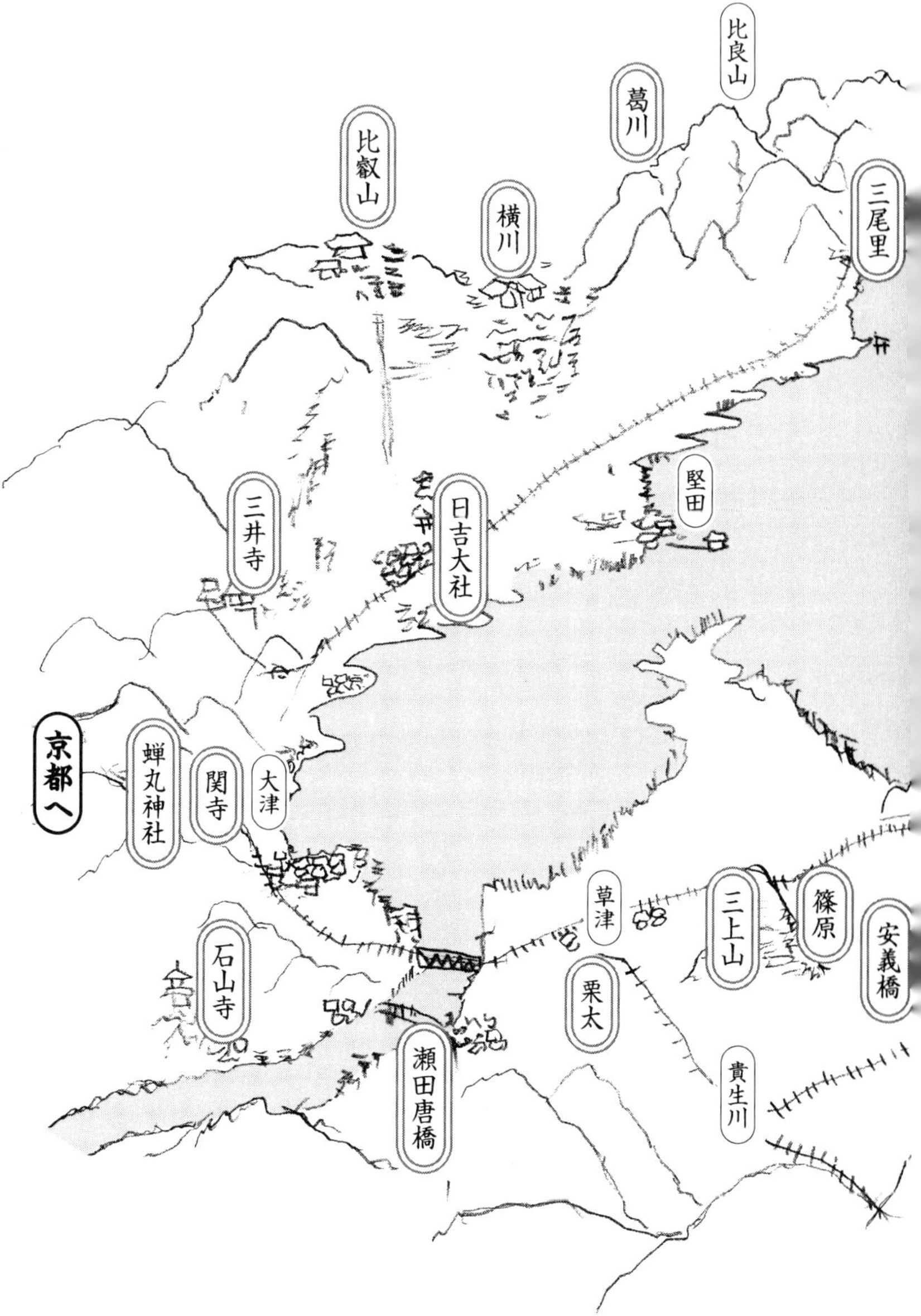
比良山
葛川
比叡山
横川
三尾里
堅田
三井寺
日吉大社
京都へ
蝉丸神社
関寺
大津
草津
三上山
篠原
安義橋
石山寺
栗太
瀬田唐橋
貴生川

蝉丸の秘曲と源博雅

源博雅《みなもとのひろまさ》は管絃の道に通じ、琵琶の演奏に熟達し、笛の腕前も素晴らしかった。

さて、村上天皇の頃、逢坂関《おうさかのせき》に蝉丸という盲者《もうしゃ》が庵を結び、独り侘び住まいをしていた。

蝉丸は、かつて式部卿宮敦実親王《しきぶのきょうのみやあつみしんのう》の雑色《ぞうしき》だったが、長年、宮による琵琶の演奏をそばで聴くうちに、自身も見事に弾いてのけるようになった。

ところで、博雅は琵琶の道への執心が尋常ではなかったので、蝉丸が琵琶の名手であると耳にするや、なんとかその演奏を聴きたいと考えた。

そこで、使者を送り、

「なぜそのような辺鄙なところで暮らしているのか。京へ移り住めばよいではないか」

とのことばを伝えた。

すると、蝉丸は口上へ直接に答えることはせず、次のように詠じた。

世の中はとてもかくても過ごしてむ　宮も藁屋も果てしなければ

（この世はいかようにも生きていけるものです。立派な宮殿も粗末な藁屋も、どのみち同じように朽ち果てていくのですから）

博雅は、戻って来た使者からそのことを聴いて、たいそう奥ゆかしく思い、

「管絃の道に執心する者として、あの盲者には何としても会いたいものだ。盲者の寿命がいつ尽きるか知れたものではないし、私の命とて同じことだ。それに、特に気懸りなのは、琵琶の秘曲『流泉《りゅうせん》』と『啄木《たくぼく》』のことだ。伝承しているのは、いまやあの盲者だけなのだ。どうにかして、二曲の実演に接したい」

との気持ちが一層強くなった。

そして、ある夜、思い切って逢坂関まで出向いた。しかし、蝉丸の琵琶の音は聴こえてこなかった。

それからというもの、博雅は毎夜通いつめ、蝉丸の庵の傍に佇み、

「今宵こそ弾いてくれはしまいか」

と待ち焦がれたが、無駄足だった。そうこうするうち、三年が過ぎた。

その年の八月十五日。朧月が浮かび、風がそよそよ吹く晩に、蝉丸はとうとう琵琶をかき鳴らした。その素晴らしさに、博雅は涙を

浮世絵に描かれた蝉丸（国立国会図書館蔵）

流した。

やがて、庵の方から蝉丸の独り言が聞こえた。

「今宵のような趣深い夜に、共に管絃の道を語り合えるような同好の士が居らぬものか」

博雅は我慢できずに声をかけ、驚く蝉丸にこの三年間の想いを伝え、そして、『流泉』と『啄木』を聴かせてはもらえまいかと申し出た。

すると蝉丸は、

「昔、敦実親王は、このように弾いておられました」

と言いながら、博雅に曲を伝授した。ただ、博雅は琵琶を携えていなかったので、すべては口伝えであった。

ともあれ、博雅はこの上もなく喜び、夜明けとともに庵を辞したという。

『今昔物語集』巻第二十四第二十三話

山城国と近江国の境、逢坂山にあった逢坂関は平安中期、大同五年（八一〇）に越前と近江の境にあった愛発《あらち》関に代わる関所として設けられ、美濃国不破関・伊勢国鈴鹿関と並び、三関と呼ばれました。逢坂という名前は応神天皇元年（二七〇）二月武内宿祢《たけのうちのすくね》と忍熊王《おしくまのみこ》との交戦の際、両者が図らずもここで出会ったので名づけられたといいます。

この逢坂山の坂の守護神として、弘仁十三年（八二二）山上に猿田彦命、麓に豊玉姫命を祀ったのが関大明神で、社記によれば天慶九年（九四六）に蝉丸の霊を合祀し、関蝉丸神社上社・下社（共に現在逢坂一丁目）となりました。なお、京都寄りの大谷町には万治三年（一六六〇）に関蝉丸社を勧請した蝉丸神社があります。

ところで蝉丸といえば百人一首で十三人いる坊主の一人、絵札は頭巾を被っていることの多い盲目の歌人であり、琵琶法師です。蝉丸の生没年は不詳ですが、説話では源博雅が毎夜逢坂の関の庵に通い詰めたのは村上天皇の頃とあり、敦実親王が出家したのが天暦四年(九五〇)ですから、二人が出会ったのはどうやらこの頃のようです。

源博雅は醍醐天皇の孫で、康保三年(九六六)村上天皇の命により最古の笛譜とされる『新撰楽譜』を作成しました。博雅の逸話も多く、たとえば『今昔物語集』ではこの次の説話に鬼から琵琶の名器「玄象《げんじょう》」を取り戻した話、『古今著聞集』では自宅に押し入った盗人を篳篥《ひちりき》の音で改心させる話にも登場します。また夢枕獏の『陰陽師』では安倍晴明の相棒として登場、若い人たちにもよく知られるようになりました。

この物語の元は大江匡房の談話をまとめた『江談抄《ごうだんしょう》』のようで、その際には盲目の琵琶法師とのみ書かれていたものが、『今昔物語集』では蝉丸となり、さらに『平家物語』では、蝉丸は醍醐天皇の第四皇子とされています。

さて蝉丸は謡曲、能、浄瑠璃の題材にもなり、音曲芸道の祖神として仰がれました。江戸期には関蝉丸神社で諸芸人に免状を発行しており、正徳元年(一七一一)以降は三井寺五別所の一つ、近《ごん》松《しょう》寺《じ》が担当するようになったといいます。

ＪＲ大津駅から徒歩約十分の下社には、歌枕「関の清水」の石組や鎌倉時代の時雨燈籠(重文)があります。

関寺の霊牛

今は昔、平義清《のりきよ》の父が越後の国守を務めていた時、一頭の白牛を得て、何年もの間、背に乗っては出歩いていたが、やがて清水寺の僧へ与えた。

それはちょうど関寺の再建時期にあたっていたのだが、関寺では荷車を曳く牛がおらず困っているとの噂を耳にしたので、僧は牛を関寺の聖へ譲り渡した。

その牛の働きは目覚ましいものだった。普請に必要な丸太や途方もなく大きな材木の類は、この牛一頭がかの地まで運び上げたの

牛塔
大《おほ》津《つ》八丁

『伊勢参宮名所図会』に描かれた長安寺。石段の下方に牛塔が見える。左手が蝉丸神社下社（国立国会図書館蔵）

だった。

ある時、三井寺の前大僧正が関寺へ参る夢を見た。御堂の前に繋がれた牛が「我は迦葉仏《かしょうぶつ》（釈迦の直前に出現した仏）なり。この寺の仏を助けるべく牛へ転生せしものなり」と話したところで夢から覚めた。

聖が関寺へ参ると、牛は御堂の後ろの方からやって来て、御堂を三回廻って仏の前に向かって臥した。それを見た聖は「希有の事なり」と言って泣くこと限りなかった。

この話が都じゅうに広がり、入道殿（藤原道長）をはじめ、多くの人々が参拝に訪れた。

さて、しばらくすると、牛は患ったような様子を見せたので、そのまま亡くなってしまうのではないかと皆は心を痛め、ますます多くの人が参拝に訪れるようになった。さらに、西の京の聖に、「関寺の迦葉仏はいまや涅槃に入ろうとしている。道心ある者は、早めに結縁するがよい」
と夢告があったという噂が流れ、参詣者の数は膨れ上がるばかりだった。
詠歌もあり、高名な和泉式部は、こう詠んだ。

聞きしより牛に心をかけながら　まだこそ越えね逢坂の関

『古本説話集』第五十および第七十

「世喜寺」とも書き、かつて逢坂関の東にあった寺院。平安時代には関寺大仏と呼ばれる金色五丈の弥勒仏（奈良東大寺、河内知識寺の大仏と並ぶ、日本三大仏のひとつ）が安置されていましたが、天延四年（九七六）の大地震で堂宇倒壊、大仏も腰から上が破損したといいます。『関寺縁起』によれば、恵心僧都が復興を発願、

高さ3.3mの巨大牛塔（国重要文化財）。『関寺縁起』には藤原頼通の建立とある

弟子の延鏡が事業を行ったと伝わります。寺再建の際に使役した牛が、仏の化身として信仰を集めたことは、『今昔物語集』や『栄花物語』にも書かれており、藤原道長、源倫子、藤原頼通をはじめ、数万人の人々が参拝したといいます。果たして和泉式部も、関寺参拝が叶ったのでしょうか。

さて、問題の牛ですが、この話では白牛とあり、『今昔物語集』や『栄花物語』では黒牛と書かれているなど、白黒はっきりしません。ともあれ、霊牛は万寿二年（一〇二五）六月二日に亡くなりました。『左経記』には三井寺の僧が念仏を修したと記され、鎌倉時代初期に牛の供養塔が建てられました。この牛塔《ぎゅうとう》について、江戸時代に書かれた『近江輿地志略』には霊牛乳塔の乳の字を略したもので、護摩法要の際に用いる「蘇」（乳を煮詰めたもの）を塔に納めると書かれています。真偽のほどはわかりませんが、そういわれれば、この塔はどことなく牛乳瓶に似ている気もします。

その後、弘安六年（一二八三）、時宗の一遍上人が関寺に逗留しました。寺内の池（関清水）の中州に踊り屋を建て、上人や時衆が踊り念仏を行なった様子が『一遍上人絵詞』に描かれています。

現在、時宗長安寺（逢坂二丁目）境内には、鎌倉時代初期の長安寺宝塔（牛塔）の他、小野小町供養塔などがあります。

『一遍上人絵詞』(写)には踊り念仏を観る民衆、東山道を行き交う荷車なども描かれている(国立国会図書館蔵)

夢に現れた三井寺の新羅明神

保安二年（一一二一）閏五月の園城寺《おんじょうじ》焼失の頃の話。

ある僧の夢に、褐冠姿《かちかぶりすがた》（褐衣《かちえ》に冠をつけた装束）の男が現れた。

その者が言うには、

「我は新羅《しんら》明神の眷属《けんぞく》である。この寺を守護するべく推参した」

これを聞いた僧はあざ笑った。

「仏像、経典、堂舎、僧房などがことごとく灰燼に帰した今、何を守護するというのか。無益なことだ」

夢の中の僧はその眷属と別れてなおも進んで行くと、今度は直衣《のうし》姿の翁に遭遇した。ひと目でただ者ではないと分かる容貌だった。眉の毛は長く垂れて口元に及び、髪は真っ白だった。

翁が言うには、

「先刻そなたがわしの眷属に言っておったことじゃが、考え違いをしておるぞ。

わしが護っておるのは、この寺の堂舎や僧房ではない。修行によって輪廻を解脱せんとする志を守護しておるのじゃ。全てが灰燼に帰したこの時でさえ、僧徒の多くは道心を発して、己を奮い立たせて、修学に励んでおる。わしはそうした者たちの守護神なのじゃ」

『古事談』巻五

大津市園城寺町にある天台宗寺門派の寺、園城寺は通称三井寺と呼ばれています。貞観年間（八五九〜七七）に智証大師円珍が天台別院として中興しましたが、『古今著聞集』「園城寺創建の事」によれば、それまでは御年一六二歳という教待和尚が、この寺を継ぐ僧を待ち望んでいたとのことです。

さて、円珍が唐から帰国する時、船に現れたのが新羅明神で、帰国後の貞観元年(八五九)に新羅神社を建立、以来、三井寺の守護神として祀られています。

国宝秘仏の新羅明神坐像は、唐服姿に黒い帽子、顔は白く高い鼻、血走った垂れ目で長いあご髭を貯えています。この像は統一新羅時代(六六八～九〇〇)の貿易商、張保皐《チャンポゴ》の生前の姿ではないかとも言われています。現在は貞和三年(一三四七)、足利尊氏により再興された国宝の新羅善神堂に祀られています。

円珍の死後、円珍派と円仁派が対立、円珍門下は比叡山を下り三井寺に入りました。以後比叡山は山門派、三井寺は寺門派としてたびたび争うことになります。

三井寺北院にある新羅善神堂

この話にある保安二年（一一二一）の三井寺焼失とは、三井寺僧徒による延暦寺修行僧の殺害を発端にして、山門派が焼き討ちした時のことで、『古事談』の編者である源顕兼の曾祖父・雅兼が、園城寺別当・覚基から聞いた話とされます。

石山寺如意輪観音の奇蹟

聖武天皇は東大寺を建立なされ、盧舎那仏《るしゃなぶつ》を鋳造された。これにあわせて、大仏殿、講堂、食堂《じきどう》、七層の塔二基、諸門などが次々に造られた。

さて、大仏の鋳造を完成させるには、上塗りのための黄金が必要であった。それも尋常ではないほどの量が要る。

ところがそのころの日本では金の産出がなかったので、遣唐使にさまざまな財物を持たせて、中国からの買い入れをはかった。

翌春、遣唐使が帰国した。持ち帰った金をさっそく塗ってみたが、ごく薄い金色にしかならず、期待したような黄金の輝きは得られなかった。加えて、量が少なすぎた。大仏や諸堂を荘厳するには到底足りない。

天皇はひどくお嘆きになり、高僧たちに相談なさったところ、

「大和国吉野郡には、金峰《かねのみたけ》という山がございます。名前から察しますに、金を産出するに違いありません。その山を守護する神霊にお願いして、金を授けて頂いてはいかがでしょうか」

という奏上があったので、さっそく、東大寺造営の責任者である良弁《ろうべん》を現地へお遣わしになった。

帝の命を受けた良弁は現地へ赴き、七日七晩、熱心に祈請《きしょう》した。

すると、夢枕にひとりの僧が立ち、こう告げた。

「この山の蔵する黄金は、弥勒菩薩様が私にお預けになられたものだ。弥勒菩薩様がこの世に出現なさるまで、みだりに世へ出すわけにはいかない。

ただ、そなたがどうしても黄金を欲するのなら、近江国志賀郡田上《たなかみ》の地へ行くがよい。そこから少し離れたところに小山があり、小山の東側は椿崎《つばきざき》という。椿崎にはさまざまな形をした岩が林立している。そして、その中に、かつて釣りに興じる翁が好んで座っていたという岩があるはずだ。それを探し出し、その岩の上へ如意輪観音を造像して安置せよ。そして堂舎も建立して、黄金のことを祈請してみるがよかろう」

ここまで聞いて、良弁ははっと目を覚ました。

良弁はさっそく夢告の内容を朝廷へ報告し、宣旨を賜った上で、椿崎へ赴いた。

そして奇岩珍石が居並ぶ一帯を渉猟したところ、夢の僧が言っていた通りの岩にめぐり合った。

良弁は、急ぎ宮中へ戻ってその旨を奏上したところ、

「夢告のごとくに造像し、堂舎を建てて祈請せよ」

『石山縁起絵巻（写）』では「琵琶湖の南岸に行った良弁は岩の上で釣りをする比良明神に出会う」とある（国立国会図書館蔵）

とのお達しであったので、再び現地へ赴いて、命ぜられたとおりにことを進め、黄金のことを熱心に祈った。

すると、ほどなく陸奥国と下野国で相次いで金が見つかり、朝廷へ献上された。職人たちがそれを製錬して試し塗りしてみたところ、かつての中国産の金とは違って、目のさめるような重厚な黄金色の輝きが得られた。

その後、陸奥国からはさらに大量の黄金の献上があったため、それを用いることで、大仏の鍍金が仕上がったのだった。

ちなみに、かの椿崎に奉られた如意輪観音こそ、いまの石山寺の観音であると言い伝わっている。

『今昔物語集』巻第十一第十三話

聖武天皇は大仏造立について、最初は信楽の「甲賀寺に盧舎那仏を造る」と宣言された事をご存じでしょうか。

途中まで製作したものの、その後の火事や地震、また反対意見などがあり、結局、奈良東大寺に場所を移して、大仏が造られました。これはその時の話です。

さて、瀬田川の西岸にある石山寺は奈良時代の天平十九年（七四七）、聖武天皇の勅願により、良弁が草創した寺で、紫式部が七日間、石山寺に参籠し『源氏物語』の構想を練ったことでも知られています。

良弁が本尊を置いた石とは天然記念物の硅灰石で、天智天皇の時代にはこの山の石が奈良・川原寺本堂の基礎石として切り出され、また堂宇の材木も石山山作所《やまつくりどころ》から奈良へ運ばれました。

創建時の石山寺については正倉院文書に記録があり、本尊は観世菩薩、両脇侍は神王二柱でいずれも塑像でした。承暦二年（一〇七八）の火災により被災、現在の本尊は永長元年（一〇九六）

石山寺本堂火災の際、柳の木に飛び移られた本尊。『石山縁起絵巻（写）』より（国立国会図書館蔵）

頃に造られた木像です。

なお鎌倉時代末期の『石山縁起絵巻』では、天皇より賜った念持仏を岩から移動しようとしましたが離れなかったので、丈六の尊像のなかに聖徳太子二生《にしょう》の御本尊である六寸の金銅の像を収め、岩山の地に寺を創建したとあります。

平成になり、本尊の胎内より飛鳥・奈良時代の四軀の仏像が見つかりました。また、銅像如来立像には火中痕があったといいます。

詠う比叡山の水

　今は昔、天竺の天狗が中国へ渡る途中、海の水が、

「諸行無常《しょぎょうむじょう》、是生滅法《ぜしょうめつぽう》、生滅滅已《しょうめつめつい》、寂滅為楽《じゃくめついらく》」

と唱えていることに気付き、愕然とした。

　天狗は、

「海の水が深遠な仏法の教理を唱えるとは、怪しいことだ。この水の正体を突き止めてやろう。その上で、こうした所行の張本人を懲らしめてくれよう」

と思い立ち、水の音をたどって行くうち、中国を打ち過ぎて日本へ

たどり着いた。博多、門司から瀬戸内海を通り、淀川河口まで来るにつれ、声はだんだん大きくなった。そこで、淀川から宇治川へ入っていくと、声がさらに増したので、どんどん上流へと進み、ついに琵琶湖へ。休む間もなく、そこへ流れ込む一筋の川を遡って進むと、比叡山の横川《よかわ》に至った。

ここまで来ると、法文を唱える声は、耳を聾《ろう》さんばかりであった。おまけに川の上流には、四天王ならびに護法童子が居並び、川の水を守護していた。天狗は恐れおののき、身をすくめた。

しばらくして、天狗は一番近くにいた天童におそるおそる声をかけてみた。

「ここの水は、どうして深遠な法文を唱えるのでしょうか」

すると、天童が言うには、

「それは、比叡山で修行する僧たちの厠《かわや》の水がこの川に流れ集まっているからだ」

『信貴山縁起（写）』に見る全身に刀をまとう剣鎧《けんがい》護法童子（国立国会図書館蔵）

天狗はこれを聞くや、

「厠の水の末でさえ、有難い法文を唱えるのだ。この山の僧たちがいかに尊いかが知れる。俺もこの山の僧になろう。この地で修行しよう」

と発心して、姿を消した。

その後、有明《ありあきら》親王に子供が生まれたが、実はその子があの天狗の生まれ変わりだった。そして、誓願の通り僧となって比叡山へ入り、延昌《えんしょう》僧正の弟子となった。名を明救《みょうぐ》といった。

後年、明救は僧正まで上りつめた。

『今昔物語集』巻第二十第一話

『今昔物語集』巻二十には十一の天狗説話があり、その最初に書かれているのが、仏法を妨げようとインドからやってきた本話の天狗です。天狗といえば、赤い顔に高い鼻、山伏姿に高下駄、羽団扇を持って空を飛ぶイメージを思い浮かべますが、これは室町時代末から江戸時代になっての天狗の様相だといいます。

インドから伝来した当初の天狗の姿は、鳶の姿であったり、鳥のくちばしと爪を持った僧の姿として書かれています。これはインド神話の鳥の王ガルダから来ているのではないかという説もあります。また、『今昔物語集』巻二十第二話の震旦の天狗は『是害房絵巻』に描かれていますが、鳥の顔に羽が生えた姿です。

さて、改心した天狗が生まれ変わって、最終は天台座主となったという本話の筋は確かに荒唐無稽ですが、寛仁三年(一〇一九)、皇族から初めて天台座主となった明救は験者《けんざ》としても名高く、三条天皇の眼病平癒に験を示しました。当時眼病の原因は天狗がもたらすとも言われていたので、そのことを説話に採り入れたのかも知れません。

『春日権現験記』に見る鎌倉時代の天狗像（国立国会図書館蔵）

明救は銀閣寺近くの浄土寺に住していたので「浄土寺の僧正」、また大豆しか食べなかったというので「大豆《まめ》の僧正」とも言われています。

山王権現と疫病神

ある山僧が、日吉大社に参籠した夜更けのこと。

夢うつつのうちに、妖しい光景を観た。

異類異形の疫病神たちが大挙して神前に参上し、

「疫病は、万民が等しく患うものです。山門の僧だからといって、例外は許されません。それ故、今後、幾人かの山僧のお命をお縮めすることになると思いますので、ご承知おき下さい」

と奏上したところ、山王権現が遣わされたと思しき神人《じにん》が現れて、権現のお言葉を伝えた。

「お前たちに山門の学僧たちの命を渡すわけにはいかぬ。ただ、お前たちの力を借りたいことがある。比叡山に住む僧を一人、しばしの間だけ患わせて、床に伏せるように仕向けて欲しいのだ。その者には、私が守護するこの山を片時も下りてもらいたくないのだが、その者はどうやら近々、帰郷する心づもりでいるらしい。一時でも病を得れば、その分だけ山を離れる日が遠のくだろう。但し、命を奪ってはならぬぞ」

これに続けて、神人がくだんの僧の住まいと名前を告げると、疫病神たちはぞろぞろと退出した。

さてこの後、疫病神たちは権現に言われた僧の房へ出向いた。僧の帰郷の前夜だった。無論、言いつけ通り、病床につかせるためである。

一方、僧は疫病神が迫るとはつゆ知らず、明日には山を下りることが名残り惜しくて、夜の更けるまで、心を澄ませて「魔訶止観《まかしかん》」

鳥居上部に三角の破風が乗った日吉大社の山王鳥居。合掌鳥居とも言われ、神仏習合を表している

第一巻に載る経文を懸命に唱えていた。

それ故、経文の効力によって、疫病神たちは僧に手出しが出来なかった。

そこで、疫病神たちは神前へ立ち戻り、事の次第を報告したところ、権現も
「ならば致し方ない」

との思し召しだったので、神前を退いた。

参籠中の山僧は、ここではっと夢から我に返った。そして、くだんの比叡山に住む学僧のもとへ駆けつけて、己の見た光景を話してやった。するとこの僧は、

「山王権現様が愚僧のことをそこまでお思い下さるとは……」

と恐懼《きょうく》し、帰郷を取りやめ、比叡山に住み留まったという。

『沙石集』巻五上

日吉大社は比叡山の麓、大津市坂本に鎮座します全国約三八〇〇社の日吉・日枝・山王神社の総本宮です。平安京遷都の際、都の表鬼門にあたるため、都の魔除・災難除を祈る社として崇敬され、天台宗延暦寺の護法神として、山王権現とも呼ばれています。

さて、この説話では異類異形の疫病神がぞろぞろとやってきたというおどろおどろしい様子を伝えています。しかしながら一心に経文を唱えることで疫病神たちは退散してしまいました。

当時、すでに病気を治療する医師《くすし》はいましたが、病気は疫病神によってもたらされると考えられていたため、僧や陰陽師による祈祷や祭事も併せて行われていた様子が見てとれます。

栗太の巨樹

今は昔、近江国栗太郡《くるもと》に、柞《ははそ》の巨樹がそびえていた。

幹の周囲は、五百尋《ひろ》もあった。つまり五百人が両手を繋いでやっと幹を抱えられるという、途方もない巨木だった。

幹だけでそれだけの大きさなので、樹高や生え伸びた枝の長さが尋常ならざるものであったことは、想像に難くない。

太陽の動きにつれて、この巨樹の陰は、朝には丹波国にかかり、夕方には伊勢国を覆った。

雷鳴が轟こうと、大風が吹こうと、巨樹はいささかも揺るがなかった。

ところで、志賀・栗太・甲賀三郡の農民たちは困っていた。一帯が巨樹の陰に入って日が射さず、耕作が出来なかったのである。

そこで、農民たちが天皇へ窮状を訴えたところ、天皇はこれを聞くや、役人に命じて、巨樹を伐採させた。

おかげで、これ以降、三郡では豊かな実りを得られるようになった。

ちなみに、奏上した農民たちの子孫は、いまでも三郡に住んでいる。

『今昔物語集』巻第三十一第三十七話

『今昔物語集』の最終に収められているのがこの説話で、「栗本」と表記されるものもあり、読みは「くりもと」「くりた」などとも書かれています。近世まで栗太郡とは大津市瀬田川の東と草津市、栗東市、守山市の一部の地域で、縄文時代中期から人の営みが見られ、弥生時代の遺跡が多く、早くから豊かな穀倉地帯でした。

柞はコナラの古名、クヌギやナラの総称と言われていますが、室町時代の説話集『三国伝記』では、巨樹は柞ではなく、栗の大木と書かれています。あまりに大きい幹のため、斧で切っても切りきれず、結局数日かかって燃やして倒したそうです。そして燃やした灰が現在の灰塚山（栗東市川辺）になったとあり、郡の名前「栗太」はこれによるとのことです。灰塚山周辺には和田古墳群を始め六～七世紀の古墳が多くあり、近くには奈良時代の栗太郡《ぐん》衙《が》（郡役所）に比定される岡遺跡があります。

ところで、この話の柞の幹は周囲が五百尋（約九〇〇メートル）。つまり直径は約二八七メートルにもなるとんでもない大樹です。

北海道の野幌森林公園にある樹齢推定五百年の栗は幹の周囲が四・五五メートル、樹高十八メートルですから、比例式で計算すると高さは三五六〇メートル……、あれっ、富士山ほどの高さになってしまいました。

金勝川の灰塚橋と灰塚山。山の右手にある和田古墳公園では石室が見られる

鈴鹿の山堂に泊まった男三人

身分こそ低いが豪胆な三人の男たちが、伊勢の国から鈴鹿山にさしかかった。

夕立に降られたので木陰で雨宿りをしていたが、いくら待っても一向にやまない。そのうちに日も暮れて来たので、ねぐらを探さねばならなかった。

一人が言った。

「今夜はあそこにある古いお堂に泊まろう」

すると、他の二人は、

「あのお堂はよそう。なんでも鬼が出るとかで、誰も近づかない処だ」

と反対した。

ところが、さっきの男が、

「ちょうどいい機会じゃないか。俺たちが泊まってみて、噂通り、本当に鬼が出て喰われて死んでしまったら、それはそれでご愛敬だ。だが、鬼というのは偽りで、実際には狐か野猪《くさいなぎ》の仕業かも知れない。確かめてみよう」

となおも言い張るので、二人も渋々折れた。

三人は揃ってお堂まで行き、そこで一夜を過ごすことにした。

とはいえ、場所が場所だけに、目が冴えて直ぐには寝つけない。

そこであれこれ話をするうち、一人が妙なことを言い出した。

「そういえば、昼間、山道の途中に、行き倒れの死体が転がっていたよな。どうだ、今からあそこへ行って、あの遺骸をここまで運んでくる度胸はあるかね」

するると、このお堂に泊まることを主張した例の男が、

「そんなのお安い御用だ」

と請け合った。他の二人が面白がって、

「それなら、今すぐ行って来い」

とけしかけたところ、男は、

「よし、行って来る！」

と言うが早いか、着物を素早く脱ぎ去り、裸で暗い雨中へ飛び出して行った。


ところが、奇妙なことに、これを見ていたもう一人も、同じく着物を脱いで裸になり、先に出て行った男の後を追った。そして、男に気づかれぬようにして先に遺骸のところまで行き、まずは本物の遺骸を谷へ蹴落とし、代わりに自分が地面に横たわった。つまり、死体のふりをして、仲間の一人が来るのを待ったのである。

しばらくすると、そうとは知らぬ男がやって来た。横たわっている仲間を死体だと思い込み、肩に担ぎ上げたところ、仲間は驚かせるつもりで、男の肩にがぶりと噛みついた。

しかし、亡者に噛まれたにもかかわらず、男は動じなかった。それどころか、

「死人のくせに、そんなに噛みつきなさんな」

と諭した上で、担いだままお堂まで無事走り帰り、お堂の脇へ死体をどさりと落とした。

そして、戸の前へ回り、

「おおい、ご両人。俺だ、俺だ。約束通り、例の遺骸を運んで来たぞ」

と、外から中の二人に声を掛け、堂に入った。

と、その隙に、死体に化けていた男は起き上がり、その場から逃げ去った。

さて、前の男が一旦外に出てみると、運んで来たはずの死人が消えているではないか。

「やれやれ、せっかく苦労してここまで運んで来たのに、まさか遺骸に逃げられるとは思わなかった」

と頭を掻いていると、例の死人に扮した男がお堂の脇から顔を出し、悪ふざけの種明かしをした。これを聞いた男は、怒るどころか、

「俺はとんでもないいたずら者と道連れなのだな」

と大笑いしながら、お堂に入った。

さて、この二人のうちどちらが、より肝の据わった男と言えるか。

おそらくは、仲間をあくまで死骸と思って担いできた男の方だろう。死人の真似をする酔狂者は他にもいるだろうが、肩に喰いつかれても動じず、放り出すでもなく、雨中、長々と担いできた胆力は、見上げたものである。

一方、お堂に残っていた男は安泰だったかと言えば、実は、彼に

もひと騒動あった。

仲間の二人が出て行った後、格天井《ごうてんじょう》のひと枡ひと枡から、さまざまな恐ろしい顔どもがにゅっと現れ出たのだった。

男が太刀を抜いて威嚇したところ、沢山の顔どもはどっと笑ったが、ずぐにサッと消え失せた。その間、男はいささかも動じず、至極落ち着いたものであった。つまり、この三人目の男も肝が据わっていた。

そうこうするうち、夜も明けたので、一行はお堂を出て、近江へ向かった。

三人とも、実に大した男たちであった。

『今昔物語集』巻第二十七第四十四話

三子山と高畑山の鞍部を通る標高三五七メートルの鈴鹿峠は、

仁和二年(八八六)、伊賀の坂下宿と近江の土山宿を結ぶ東海道として整備されましたが、坂下宿からは八町二七曲という急な曲がり道が連続し、東の箱根・西の鈴鹿と言われるほど交通の難所で、山賊も横行していました。

鈴鹿峠頂上には磐座と推定される鏡岩があり、この岩は鬼の姿見とも言われています。鈴鹿の鬼とは、横行する山賊の事を指していたのでしょう。

坂上田村麻呂と戦ったという女盗賊・鈴鹿御前の伝説は、『御伽草子』などにも出てきます。

鎌倉時代になり、幕府より鈴鹿峠の警護役として補任されたのが、後の甲賀二十一家の山中氏です。

ともあれ、この説話の三人の男は大胆不敵で、巷の噂の鬼なんぞどこ吹く風だったようです。もしかしたら、山賊は雨の日だったので、稼業を休んでいたのかもしれませんね。

鈴鹿峠近くに建つ万人講常夜燈。正徳年間頃、金毘羅参りの講中により建てられた

三上山の百足退治

朱雀天皇の御代に、村雄《むらお》朝臣の息子で藤原秀郷という名高き猛者がいた。この者は、藤原鎌足公の末裔で、田原の里に住んでいたので、人々は彼のことを田原に住む藤原氏の長男、田原藤太と呼んでいた。

ある日、父はいつになく上機嫌で、秀郷に酒を勧めながら、こう言った。

「親が我が子を褒めるのはおこがましいが、そなたは立ち居振る舞いも風貌も余人にまさっているように、わしの目には映る。そなたこそが、我が一族の誉れを受け継ぐべき男なのだろう。

ところで、当家には鎌足公の代から受け継いできた霊剣がある。わしはもう歳で、霊剣を持つのに相応しい身とは思われない。そこで、今日ただいまから、霊剣はそなたへ譲ることにする。今後はこの霊剣を振るい、大いに戦功を立てるがよい」

父は三尺余の黄金づくりの太刀を取り出して、秀郷の目の前へ差し出した。

秀郷は、あまりの嬉しさに太刀を三度も押し戴き、謹んで退出した。

霊剣を受け継いだ後の秀郷は、従来にもまして勇猛果敢となり、太刀や槍を振るっても弓矢をとっても天下無双で、後には下野国に恩賞を賜り、下向することになった。

さてその頃、近江国勢多の橋には大蛇が現れ、行く手を遮るように横たわって動かなかったので、誰も橋を渡れず難渋していた。

そのことを耳にした秀郷が勢多の橋に行くと、噂通り、長さ二十丈余（約六十メートル）もあろうかという大蛇が橋に身を横たえていた。

らんらんと光る二つの目は、天空に二つの日輪が並んでいるようで、十二本の鋭い角はまるで冬枯れの木々の梢のようであった。黒金の牙が上下に生え違える隙間から、赤い舌を出してちろちろと動かすさまは、まるで口から炎を吐くように見えた。

常人ならば、この様子を見ただけで卒倒してしまいそうだが、秀郷はいささかも気に留めず、大蛇の背中をむんずと踏みつけ、乗り越えていった。

不思議なことに、この間、かの大蛇は驚く様子もなかった。

一方、秀郷は後ろを振り返ることなく、東海道を進み、日が傾いてきたので、某宿に泊まることにした。

角を生やした大蛇が横たわる勢多の唐橋を平然と通る藤太。『俵藤太絵巻』より（国立国会図書館蔵）

さて、夜も更けてきて、少しばかり眠ろうかと思った矢先、宿の主《あるじ》がこう言ってよこした。

「あなた様に是非お目にかかりたいと、怪しい風情の女が一人、門の外で待っております」

秀郷にはその女人に心当たりはなかったが、何か事情があるのだろうと部屋へ入ってもらおうとした。しかし、女は外でお会いしたいと言う。

そこで秀郷が宿の外へ出てみると、そこには二十歳くらいの女人が、独り佇んでいた。それはまばゆいばかりの黒髪の美人で、この世の人とは思えないほどであった。

これにはさしもの秀郷もやや気圧され、

「一度もお目にかかったことのない御方が、こうして夜更けに訪ねて来られるとは、何とも解せませぬが……」

と言ったところ、女は藤太ににじり寄り、小声でささやいた。

「私に見覚えがないとおっしゃるのは、無理もないことです。実は私はこの世の者ではございません。本日、勢多の唐橋であなた様が踏み越えられた大蛇に変化《へんげ》していた者でございます」

藤太はこれを聞き、

「ではなぜ姿を変えてまで、私に逢いに来られたのか」

と尋ねると、

「私は天地開闢の折からずっと湖水の中に住んでいる者でございます。ところが元正天皇の御代になり、三上山に百足《むかで》というものが出現したのです。百足は野山の獣や河川の魚を長年にわたって貪り喰うばかりか、私の眷属までも喰い殺すので、私は悲嘆にくれながら年月を送って参りました。

なんとかあの仇敵を滅ぼし、安穏な日々を取り戻したいものだと、さまざまな計略をめぐらせてみたのですが、どうしても埒があきません。

そこで、然るべき人にめぐりあえたら、ぜひ助力を頼もうと、勢多の橋に大蛇となって横たわっておりましたが、誰も私のそばへ近づこうとはしませんでした。

そうした折も折、あなた様の勇敢なお振る舞いを見て、こうしてお願いにあがったのです」

これを聴いた藤太は、思った。

「いやはや、厄介な頼み事を持ち込んで来たものだ。かりに頼みを聞き入れたとして、万一、百足退治をしくじれば、末代までの恥になる。

いや、待てよ。考えてみるに、龍宮と和国とは、曼荼羅の金剛界と胎蔵界の如く、両者が相俟って一つなる仏界を作るのであるから、その一方の龍宮からの頼みは、なんとしてでも引き受けざるを得まい」

藤太はこう考えてようやく腹を決め、

「こうなれば時をおかず、今夜のうちに敵を滅ぼしてご覧に入れましょう」

と言い放った。すると女は狂喜するや、かき消すように居なくなった。


藤太は、父祖伝来の霊剣を帯び、愛用の五人張りの弓と三本の大矢を携えて、約束の刻限に勢多へ赴いた。

三上山を臨むと、雷光がしきりにひらめいていた。しばらくして、風雨が強まったかと思うと、比良山《ひらさん》の方からも二、三千本の松明が焚かれ、まるで三上山全体が動いているように揺れ動いた。その凄まじい地響きは何百、何千という雷鳴が鳴り響いたようだった。

しかし藤太はいささかも動揺せず、

「さては、龍宮の仇敵とは、こいつのことだな」

と思い定めて矢をつがえ、敵が近づいて来るのを待った。

そして、相手を充分に引きつけておいてから弓を引き絞り、眉間を狙って一の矢を放った。

ところが、その手ごたえはまるで鉄板を射たようであって、矢ははじかれて刺さらなかった。

藤太は、心中穏やかではないまま、二の矢をつがえ、十二分に引き絞ってから、一の矢が当たった個所と同じところを射た。

結果は、一の矢と同じで、矢は敵の体へは刺さらなかった。

残る矢は、一本。最早、射損じることはできない。

藤太は最後の矢の鏃《やじり》に唾を塗り、「南無八幡大菩薩」と祈り念じつつ、先の二本の矢が当たったのと同じ場所へ射かけたところ、今度はしっかりした手ごたえがあって、矢は敵の眉間へ突き立ったようだった。

すると二、三千もあるかと思われた松明は一度にふっと消え、雷鳴のごとき轟音や地響きもぴたりと止んだ。

大百足の眉間めがけて矢を射る藤太。松明に見えた赤い足は対岸の比良の峰に掛かっていたという。『俵藤太絵巻』より（国立国会図書館蔵）

「まちがいなく仕留めたはず」

と思いつつ、下人に灯りを持たせて確かめにやったところ、死んでいたのは大百足だった。松明と見えたのは足で、頭部は牛鬼のようであり、その巨体には唖然とさせられるばかりだった。三の矢は、眉間を突き抜けて、喉元まで刺し通っていた。射抜かれた場所が急所だったから当然とはいえ、これほど巨大な化け物が一本の矢を突き立てられただけで死んでしまったのは、矢によほどの勢いと強さがあってのことだった。

ところで、先の二本の矢は身に刺さらず、最後の矢だけが突き立ったのは、鏃に唾を塗ったからである。唾は、百足の類には毒として作用するものらしい。

ただ、長年にわたってさんざん暴れまわった強敵だけに、死後もなお祟らないとも限らないので、藤太は百足の死骸を細切れに切り裂いてから、湖水へ流した。そして、ようやく宿へ帰った。

翌日の夕方、例の女が再び宿へ訪ねて来た。

藤太が対面したところ、女は、

「あなた様のお力で仇敵が滅ぼされ、龍宮にも平和が戻り、これに過ぐる喜びはございません。ご恩返しとして、お受け取りください」

と言って、巻絹二反、口を結わえた米俵、赤銅の鍋を差し出した。

藤太が、

「お志は嬉しく存じます。この度のことは神仏のご加護により成し遂げ得たわけで、当家も大いに面目を施すことができました。その上、このように結構なお品を頂戴できようとは、望外の喜びです」

と礼を述べると、女も嬉しそうに、

「あなた様のお働きで、私はもとより、他にもどれだけ沢山の者たちが難儀を救われたことか知れません。今宵はひとまずこれでお暇《いとま》しますが、後日、また改めてご恩返しを致したく存じます」

と言い残して、去って行った。

後日、藤太が、貰った巻絹で衣裳をこしらえたところ、どれだけ裁っても絹は尽きず、俵の中の米も同様に尽きることがなかった。それ故、彼のことは俵藤太とも呼ばれるようになった。さらに赤銅の鍋は、欲しいと思った食べ物が煮上がるという、実に不思議な鍋であった。


それからしばらく経ったある月夜のこと。真夜中に、例の女がまたしても訪ねて来た。

「過日も申し上げました通り、あなた様に年来の宿敵を滅ぼして頂きまして、一門眷属、喜びに沸いております。本来ならば皆がうち揃ってこの場へ参上し、お礼を申し上げたいところですが、それでは却ってあなた様のご迷惑になるかと思い、ご遠慮致しました。そこで畏れ多きことながら、代わりに龍宮までお連れしろというのが我が主君・龍王の命にございます。どうかお心安らかに、私と一緒に龍宮へお出まし願えませんか」

そこで藤太は、龍女に導かれて龍宮へと向かった。

満々たる湖水をかきわけて進むと、黄金の楼門に行き当たった。龍宮の入口であった。楼門の前には、異類異形の魚どもがいた。警固の兵士なのだろう。

門内へ入ると、龍神たちは龍女の姿をみとめ、頭を垂れて拝礼した。あたりには、さまざまな樹花が咲き乱れ、七宝の果実がたわわに実っていた。きっと極楽世界とは、こういう処なのだろう。

さらに進むと、正殿とおぼしき大宮殿がそびえていた。藤太は促されるまま、大広間の中央に据えられた椅子に座していると、やがて荘重な調べが奏され、龍王が出御して、玉座についた。

両者が丁重に一礼を済ませると、侍女たちが豪奢な膳をたくさん運んで来て、華やかな酒宴が始まった。酒も料理もこの世のものとは思えぬほど美味で、藤太は陶然となった。

　藤太は龍王に言った。

「これほどの栄耀栄華を誇る貴国は、憂いとは無縁でございましょう」

　すると、龍王は、

「いえいえ、そうではございません。天人に五衰、人間に八苦があるように、龍宮にも三熱と申しまして、畜生道で受ける苦しみがございます。

　ともあれ、この度はあなた様が仏神のご加護を得られ、この国の仇敵を退治して下さいました。ご恩は未来永劫、忘れは致しません。あなた様の子々孫々にまで、ご恩返しをする所存です」

と答え、黄金色に輝く鎧と太刀ひと振りを授けてくれた。

「この鎧を身に着け、この太刀を振るって朝敵を滅ぼせば、早晩、将軍に任じられることでしょう」

龍王はそう言い終わるや、今度は赤銅の釣鐘を運んで来させて、

「この鐘は、天竺の有名な祇園精舎の鐘を模して鋳造されたものです。ひとたび撞けば、諸行無常と鳴り渡り、その音を耳にすればたちまちに菩提の岸へ渡ることができます。この鐘も差し上げましょう」

と申し出た。

藤太は言った。

「当方は武門の家ですので、鎧や剣は有難く頂戴します。釣鐘については、正直、必ずしも本意ではないけれども、由緒来歴を伺えば稀代の名宝ということですので、これも謹んで頂きましょう。ただしこれほど大きくて重い釣鐘をどうやって持ち帰るかが難題です」

これを聞いた龍王は、

「弓矢で敵を倒す手腕はあなた様に到底及びませんが、釣鐘の類の扱いは我が眷属の得意とするところです。ご心配には及びません」

と言い、異類異形の魚どもに釣鐘を運ばせた。

龍宮で御礼の品々をもらう藤太。『俵藤太絵巻』では女性ではなく男児に招かれたとある（国立国会図書館蔵）

そうして龍宮から勢多の橋のたもとに帰り着いた藤太は、早速、父の許へ行き、龍宮での顛末を話して聞かせたところ、父は大いに喜んでくれた。

藤太は言った。

「龍王から授かった品々のうち、鎧と剣は当家の重宝と致したいと存じます。ただ、釣鐘は本来、仏門に属する物なので、寺院へ寄進しようと思いますが、興福寺と比叡山、どちらがよろしいでしょうか」

父曰く、

「それならば三井寺へ奉納するのがよいだろう。というのも、三井寺の鎮守である新羅《しんら》大明神が弓矢武闘の神であらせられるからだ。この神に子々孫々の武運をお祈りしよう」

藤太は得心して、釣鐘を三井寺へ寄進した。

『俵藤太物語』上巻

藤原秀郷は実在の人物であり、天慶三年（九四〇）には、平将門討伐を成し遂げた武勇の人です。

室町時代に完成した『俵藤太物語』は、それまでに書かれたさまざまな説話を上手く組み入れています。

先ずは、物語の手本となった説話を上げてみましょう。

大蛇が百足退治を頼んだ

『今昔物語集』巻二十六第九話　加賀の漁師七人が漁に出て、大風に運ばれ、ある島に漂着したところ、若者に姿を変えた大蛇が大百足退治を頼んできた。

使っても無くならない土産

『今昔物語集』巻十六第十五話　男が自分の綿の衣と引き換えに小蛇を助けたところ、それは龍王の娘だった。御礼に貰った箱には金の餅があり、割って使ったが箱の餅は尽きなかった。

『今昔物語集』巻六第六話　天竺の戒日王が玄奘三蔵に帰依して、

与えた財宝のなかに、入りたるもの取れども尽きぬ鍋があった。

『宇治拾遺物語』第一九二話　越前に住む男が、使っても減らない米袋をもらった。

龍宮で貰った鐘

『古事談』巻五　三十四　粟津の冠者が鉄を求めて出雲に行った時、小童の小舟に乗せられ、龍宮に連れていかれた。冠者は龍王と敵対する大蛇を鏑矢で仕留め、お礼に龍宮の鐘を貰い、後にその鐘は三井寺に移された。

ところで『太平記』は、百足の棲み処を比良山としていますが、本話では野洲市に位置する三上山となっています。畿内の人々にとっては、将門は東から都をうかがう恐ろしい敵でした。都の東の三上山に棲む百足には、そうした将門のイメージが投影されているのかも知れません。

ともあれ、秀郷人気は衰えることなく、秀郷愛用の毛抜形太刀は「蜈蚣切《むかできり》」といい、明和二年(一七六五)に伊勢神宮に奉納されました。また、竹生島宝厳寺にも同様の太刀があります。

秀郷が寄進した釣鐘は、文永元年(一二六四)に三井寺が炎上した際、比叡山に移されましたが、現在は三井寺に戻っています。伝承では弁慶が奪って比叡山に引き摺りながら持っていったところ、撞くと「イノー、イノー」(帰りたい)と響いたので、谷底へ突き落とされたといいます。よく知られた「弁慶の引き摺り鐘」伝説です。

このように時代とともに少しずつ伝承の内容が変化してきたことが読みとれるのも歴史の妙味です。

三井寺に現存する弁慶の引き摺り鐘

篠原の墓穴で雨宿りした男

美濃へ向かって旅する下賤の男が、近江国篠原で大雨に遭った。雨宿りをしたいが、人里離れた野中で、見渡す限り人家がない。ふと見ると、墓穴があったので、薄気味悪くはあるけれども、一晩じゅう雨に濡れるよりはましだと割り切り、そこへ潜り込んで夜を明かすことにした。

墓穴へ入ってみると、奥の方は意外に広かった。物にもたれて、旅の疲れからうとうとしていると、夜更けごろ、何者かが穴へ入って来る音がした。真っ暗なので、相手の姿は見えない。

「あれはきっと鬼だ。とすると、俺は鬼の住処とも知らずこんな場所へ入り込んだのか……。俺の命も今宵限りか」

と震え上がっているうち、音は次第に近づいて来た。

しかし、奥は行き止まりで、逃げるに逃げられない。男が穴の隅に身をすりつけるようにして、物音を立てずに小さくなっていると、音が止まった。

しばらくすると、どさりと何かを地面に置く音が響き、続いてさらさらと何かが擦れる音がしたかと思うと、何者かが腰を下ろす気配がした。どうも鬼ではなく、人間のようだった。

ここまで来て、男は考えをめぐらせた。

「おそらく、この音の主は、俺と同じく、雨宿りの旅人だろう。とすると、地面に置いたのはこいつの荷物で、さらさら音がしていたのは、道中まとっていた蓑だろうな……。いやいや、待てよ。それは俺の思い違いで、本当はやはり鬼なのかも知れない。ううむ、ど

桜生史跡公園にある甲山古墳の石室と石棺（写真提供：野洲市教育委員会）

うしたらよいのだ」

すると、入って来た者が、

「畏れながらお訊ねします。この墓穴には、もしやなにがしかの神様がお住まいなのでしょうか。もしそうであればこれをお召し上がりください。そしてその代わり、今宵一夜限りで結構ですので、私の雨宿りをお許しください」

と言った。やがて何やら地面に物を置いた気配がした。

そこで奥の男はそっと手を伸ばして探ってみた。手触りから察するに、小さな餅が三枚供えられているようだった。

男はひどく腹が減っていたので、その餅を取り寄せて、あっという間に喰ってしまった。

さて、餅を供えた男はというと、しばらくしてから、餅を供えた辺りを手で探ってみた。

すると、供え物はすっかり無くなっているではないか。

これは鬼の仕業に違いないと男は恐怖に駆られ、蓑も笠も背負って来た袋も全部置き去りにして、慌てて墓穴から逃げ去って行った。先にいた男は、まだ夜も明けぬうちに、残された蓑や笠を身につけ、袋を背負って、外へ出た。

「逃げたあいつが人里でこの事を話し、村人たちを連れて来たりしたら、面倒だ」

と思い、人里離れた山中で夜が明けるのを待った。

さて、例の袋を開けてみると、中には絹・布・綿などがぎっしり詰まっていた。

男は、

「こりゃあ、天からのお恵みだ」

と狂喜しながら、当初の目的地である美濃国へと道を急いだという。

なお、この話は、思わぬ僥倖に恵まれた男が、年老いてから己の妻子に語って聞かせた回想談である。後からやって来て、何もかも放り出して逃げ去って行った旅人がどこの何者であったかは、分からない。

それにつけても、頭の切れる者は、たとえ身分が低かろうと、急場でも万事心得てうまく対処し、思わぬ役得にあずかるものとみえる。

『今昔物語集』巻第二十八第四十四話

男が雨に遭った篠原とは、東山道の駅家があった篠原郷（野洲市大篠原・小篠原一帯）のことです。三上山から北には、大岩山古墳群をはじめ、越前塚古墳、妙光寺山古墳群など、三世紀末から六世紀末の横穴式石室をもつ古墳が多数あります。男が雨宿りした墓穴も、そうした古墳だったのでしょう。

それにしても、後の男が鬼の噂を広めないかと勘ぐったり、置いて行った持ち物までちゃっかり貰ってしまったこの男は、なかなかのしっかり者です。何もできずに、すぐおろおろする当時の貴族と対照的に語られていると思うのは、考えすぎでしょうか。

現在、旧中山道沿いにある桜生《さくらばさま》史跡公園では古墳が公開されているほか、近くの銅鐸博物館では、大岩山から見つかった二十四個の銅鐸が展示されています。

安義橋の鬼、人を喰らうこと

ある夜、近江の国司の館に若い男たちが集まって碁や双六を打ち、酒宴を催し、世間話に興じるうち、安義橋の話が出た。

噂によれば、昔は何の変哲もない橋で、普通に人が往来していたのだが、近年は、橋にどうした変事が起こったものか、無事に渡りおおせた者がおらず、今や近くへ誰も寄りつきもしないのだという。

すると、これを聞いた口八丁手八丁のお調子者が、

「そんな話、なんてことはないぞ。たとえ恐ろしい鬼が出るにせよ、このお館随一の鹿毛《かげ》馬にさえ乗らせてもらえるのなら、俺様が悠々

と渡ってやるさ」
と大言を吐いた。
　一同は、待ってましたとばかりに男の言葉に喰いつき、
「それは素晴らしい。そこまで言うなら、実際に渡ってみてくれ。
そうすれば、橋の噂の真偽も分かるし、お前さんの勇気のほども知
れようというものだ」
と男をけしかけて、ちょっとした騒ぎになった。
　そのうち、言い争いを聞きつけた国司が奥から姿を現した。若者
たちが訊ねられるままに事情を申し上げると、
「つまらぬことで争うでない。鹿毛馬なら、喜んでつかわす。すぐ
にでも乗って行くがよい」
とのお言葉があった。これに勢いを得た者たちは一層、囃し立てた。
「橋を渡ること自体は何でもない。ただ、国司様のお馬欲しさに言っ
ていると思われるのが心外なのだ」

などと男は気色ばんだが、最早、後の祭り。とうとう、馬に鞍を載せて、橋へ向かって出発せざるを得なくなった。

男は覚悟を決めると、馬の尻に油をたっぷり塗り、馬の腹帯をきつく締め、鞭を手首に通し、身軽な出で立ちで馬にまたがり、橋のたもとまでやって来た。

辺りも暗くなりはじめ、心細く、恐ろしいことこの上なかったが、自分で言い出した手前、ここで引き返すわけにもいかない。

暗澹たる想いで駒を進めてふと見ると、橋のなかばあたりに、誰かが立っているのが目に入った。

「さてはあれが噂の鬼か」

と胸のつぶれる心地がしたが、さらに近づいてよく見ると鬼にあらず、薄紫の衣に濃紫色の単衣を重ね、紅の袴を履いた美女が口元を袖で隠し、切なげな眼差しで欄干に寄りかかっていた。

男は女と目が合うや魅入られてしまい、前後の見境も無く、馬に乗せてどこかへさらって行きたい衝動に駆られたが、すんでのところで我に返り、

「いや待てよ。このような時刻、このような場所に独りでいる女は、鬼の変化《へんげ》に決まっている。惑わされてはいけない」

と懸命に自分に言い聞かせ、目を塞ぎ、馬を走らせ、無言で通り過ぎた。

女は、

「もし、あなた様、お声をかけて下さらぬまま、行っておしまいになるのですか。私はこんな寂しい場所に捨て置かれて難渋しております。人里まで乗せて行って下さいまし」

と哀れを誘うように呼び掛けたが、男は身の毛もよだつ思いで、馬に鞭を当てて、飛ぶように駆け抜けた。

すると、

現在の安吉橋から日野川と雪野山の眺め

「ええい、つれない奴めが」

と周囲を揺るがす凄まじい叫び声が聞こえ、女は鬼の正体を現して、男のあとを追いかけ始めた。

「やはりそうだったのか。観音様、お助けを」

と、祈りつつ、男は駿馬を鞭打ち駆け抜けたが、鬼の足も異様に速かった。鬼は馬の尻に手を掛け引き留めようとしたが、例の油のせいで滑って、うまく捕まえられなかった。

　男が馬を走らせながら振り返って見ると、追って来るのは、顔は朱色で、円座のような巨大な一つ目の鬼だった。緑青色の体は九尺ほどで、手の指は三本、刀のような鋭い爪は長さが五寸ほどもあり、琥珀のような目玉をしていた。髪はよもぎのごとく乱れており、その恐ろしさはすざまじかった。

　男は一心に観音を念じて、馬を走らせ、ようやく人里へ至った。

背後では、

「このままに捨ておかぬ。いつか必ずや捕らえてくれるわ」

という鬼の叫び声がこだましていた。

　こうして、男はほうほうの体《てい》で夕暮れ時に国司の館へ戻った。館の連中は大騒ぎして様子を尋ねたが、男は意識が失せ、ものも言えなかった。

　やがて周囲の介抱もあり、ようやく落ち着いた男は、国司に一部始終を申し上げた。

「口は災いの元と言うが、つまらぬ意地を張って、あやうく命を落とすところであったのだぞ」

と国司は諭した上で、例の鹿毛馬を男へ下された。

　男は名馬を連れ意気揚々と家へ戻り、家族や下人たちへ安義橋での恐ろしい体験を得意気に話した。


　その後、男の家に妖しい兆しがあり、陰陽師に占わせたところ、

「今から申し上げる日には、厳重な物忌みをすること」

と言い渡された。

そこで指定された日になるや、屋敷のすべての門戸を堅く閉ざし、物忌みをおこなった。

ところが、そんな日に限って、遠く陸奥国へ赴任していた弟が戻って来て、屋敷の門を叩いた。門番が扉の内から、

「あいにく今日は物忌み中で、何人たりとも中へは入れません。日を改めてお越し下さい」

と声を掛けると、弟は言った。

「もはや日も暮れたというのに、いまさら何処へ行けと言うのだ。荷物もたくさんあるのだぞ。それに陸奥までお連れしていた母上様が現地でお亡くなりになったので、そのことも兄上様にお伝えせねばならぬのだ。早く中へ入れてくれ」

これを部屋のなかで耳にした男は、気にかけていた母の突然の訃

報を聞き、

「陰陽師が命じた物忌みとは、実はこの事ゆえであったのか」

と早合点して、涙を流しながら門戸を開けて、弟を招じ入れた。

男は庇《ひさし》の間《ま》で弟と食事をした後、共に涙に暮れながら、あれこれ話をした。

男の妻は、簾の内で二人の話を聞いていたが、そのうち、どうしたわけか、二人は突然、どたんばたんともみ合い始めた。驚いた妻が、

「旦那様、一体、どうなされましたか」

と問うと、男は弟を組み敷きつつ、

「枕元の太刀を早くよこせ」

と叫んだ。妻が、

「気でも狂われましたか。太刀で何をなさるおつもりですか」

と当惑していると、男は、

現在の安吉橋。橋の向こうは竜王町弓削

「いいから早く太刀をよこせ。俺が死んでも構わぬのか」

と怒鳴った。

するとそのすきに、組み敷かれていた弟が逆に男をねじ伏せたかと思うと、その首をぶっつりと喰い切り、躍るようにして部屋の際まで進むと、妻の方を振り返り、

「やれ、嬉しや」

と言った。その顔は、もはや弟ではなく、安義橋の鬼の顔だった。

そして、妻があっと驚くうちに、鬼の姿はかき消すように見えなくなった。妻や下人たちは身もだえをして嘆き悲しんだが、もはや詮無きことであった。

なお、その後、橋ではさまざまな祈祷が行われて鬼は退散したので、いまでは何事もなく通行できるようになったという。

『今昔物語集』巻第二十七第十三話

この話の国司の館は、京都から勢多の唐橋を渡ったあたりにあったのでしょう。戯言がきっかけでそこから蒲生野の安義橋へ行き、最後は鬼に命をとられてしまった男が哀れです。

安義橋は竜王町弓削《ゆげ》と近江八幡市倉橋部町とを結ぶ日野川に架かり、『梁塵秘抄《りょうじんひしょう》』には歌枕「安吉橋」として出てきます。この辺りには、古代、蒲生郡安吉《あき》郷があり、渡来系の氏族安吉勝《あぎのすぐり》氏が関与していたと言われています。

川の右岸には雪野山丘陵があり、四世紀前半の未盗掘石室が発見された雪野山古墳をはじめ、多くの古墳が点在します。また、元明天皇の勅令により白鳳時代末に建てられた雪野寺《ゆきのでら》（現在は龍王寺）は古くは野寺ともいわれ、奈良時代の梵鐘「野寺の鐘」を詠んだ歌も多く残っています。龍王寺門前の農道は「奈良路」と呼ばれており、かつては古代交通の要衝でもありました。

龍王寺には「大和国吉野郡出身の小野時兼の妻・美和姫は大蛇

の化身であった。彼女が姿を消した後、時兼が託された玉手箱を開けると、龍が刻まれた梵鐘が現れ、これを寺に寄進した」という伝説があります。

ちなみに、先に述べた倉橋部町には安吉勝氏の氏寺と推定される白鳳期の倉橋部廃寺があり、雪野寺とも関連があると考えられています。安吉勝一族は蒲生だけでなく、藤原京にも進出し、政府の役人にも登用されていました。それを示す木簡も見つかっています。この木簡は、阿伎勝足石のもとで田作りに従事している伊刀古麻呂と大宅女の二人が一時帰郷して農作業を終えた後、藤原京へ帰るための、いわゆる通行手形でした。

なお、承平二年（九三二）の京都東寺の文書によれば、佐々貴氏一族が安吉勝氏一族の墾田した田地を買い上げていることが見え、律令制が終わる平安前期の終わり頃には、安吉勝氏一族は衰退していったように見受けられます。

雪野山遠望。右の山裾に龍王寺があり、左端が倉橋部町

さて、この安義橋に佇んでいる鬼の正体とは、結局何だったのでしょうか。毎年田を耕作していた土地がなくなってしまい、帰郷できなくなった安吉勝一族の怨念が鬼へ転じたのかも知れません。話の後半では、陸奥国から戻ってきた弟に化けた鬼が男をかみ殺します。赴任先から戻ろうにも、もはや戻れなくなったということが伏線にあるのではと勘繰ってしまいそうです。

この話は夢枕獏の『ものいふ髑髏《どくろ》』にも書かれ、塩崎雄二の作画で「安義橋の鬼、人をくらふ語」としてコミックにもなっています。

小僧に変じた矢取り地蔵

近江国依智郡賀野村《えちぐんかのむら》（愛知郡愛荘町）の古い寺には、地蔵菩薩像が祀られている。

この寺は、検非違使《けびいし》・平諸道《もろみち》の先祖の氏寺で、諸道の父は勇猛果敢な武将として知られ、日ごろから戦《いくさ》に明け暮れていた。

ところがある戦で、彼は矢を射尽くしてしまい、窮地に陥った。

そこで、

「わが氏寺の地蔵菩薩様、どうかお助け下さい」

と念じたところ、何処からか一人の小僧が現れて、辺りに落ちている矢を何本も拾っては、彼へ授けてくれたのであった。

「有難や」

とばかりにその矢をつがえては放ち、つがえては放ちするうち、敵の射た矢が、矢を拾う小僧の背に突き立った。

と、その途端、小僧の姿はかき消すように見えなくなった。

勿論、普通であれば、

「何とも面妖な……」

と思ったであろうが、なにせ、その折は戦闘の真っ最中である。

「何処かへ逃げてしまったのだろう」

くらいにしか思わず、その後も戦に没頭した。そして、ついには敵を討ち取って、勝利を収めた。

その後、意気揚々と帰郷した彼だったが、落ち着いて、改めて思い起こしてみると、例の小僧のことが気になって仕方がなかった。

「あいつは、いずれの家中の従者だったのか。何処からやって来た

錫杖の代わりに矢を持つ地蔵菩薩を、岩倉山の御堂に安置したとある。『矢取地蔵縁起絵巻』より（個人蔵）

のか」

という疑問を解消するべく、家臣に捜させてみたが、一向に正体が分からなかった。

「矢を拾う最中、敵に背中を射抜かれたのを、俺ははっきり見た。ひょっとすると、あの傷のせいで、もうこの世にいないのかも知れない」

と思うと哀れだったが、とうとう真相は分からずじまいだった。

さて、それからしばらくして、氏寺に参詣した折のこと。地蔵菩薩様のお姿を拝見して、仰天した。背中に一本の矢が突き刺さっていたのである。

「戦場で矢を拾い、俺を助けてくれた小僧は、さては地蔵菩薩様の変化《へんげ》であったのか」

と悟った彼は、感涙にむせびながら礼拝した。

『今昔物語集』巻第十七第三話

『今昔物語集』には、小僧に変じた地蔵が人を助けるという説話が何編か収録されています。また、矢取地蔵の話は『地蔵菩薩霊験記』巻六第十一話にも書かれています。

愛知郡愛荘町岩倉の仏心寺《ぶっしんじ》(旧金臺寺《こんたいじ》)はこの矢取地蔵を祀る寺として知られています。像高九十六・九センチの木造地蔵菩薩立像(重文)は、右手に錫杖ではなく矢を持ちます。但し、この仏像は、説話成立後の貞応三年(一二二四)に造像されたものです。

室町時代に安孫子《あびこ》庄の地頭鞍智《くらち》高春が寄進した『矢取地蔵縁起絵巻』によれば、この話にいう戦いとは、宇曽川右岸の安孫子庄と左岸の押立保《おしだてほ》との用水を巡る争いであったようです。縁起では、地蔵の顔に黒羽の矢が突き刺さっていたとあり、地蔵は矢面に立って安孫子側の軍勢を守ってくれたともうけとれます。

平安時代から宇曽川の両岸での水争いはたびたび起こり、安孫子庄では勝軍地蔵として地域の人々に信仰されてきたことが伺えます。

愛荘町岩倉にある仏心寺への石段

ヤマトタケルの伊吹山荒神退治

ヤマトタケルは、美夜受比売《ひやずひめ》を娶《めと》り、腰に帯びていた草薙剣《くさなぎのつるぎ》を比売に預けて、伊吹山の神の征伐に出かけた。

「素手で直接に討ち取ってくれやろうぞ」と勇んで山を登って行くと、山辺で白い猪に出喰わした。そのからだは、牛のように大きかった。

そこでヤマトタケルは、

「白い猪の姿をしているのは、この山の神のお使いゆえであろう。いまは見逃してやるが、山から帰る際には必ずや血祭りにあげるぞ」

と言挙《ことあ》げをして、さらに山道を進んだ。

すると、山の神は激しい氷雨を降らせた。

ヤマトタケルは、それに濡れそぼち、前後不覚に陥った。

思えば、例の白猪の正体は、山の神のお使いではなく、山の神そのものだったのだ。

ところが、そうとは知らぬヤマトタケルが誤った言挙げをしてしまったために、報いを受けて、前後不覚となってしまったのだった。

やがて、ヤマトタケルは山を下り、清水のところまで帰り来て休息するうちに、ようやく正気を取り戻した。

故に、その清水は「居醒清水」と呼ばれようになった。

『古事記』中巻

ヤマトタケルが伊吹山の荒ぶる神を退治に行った話で、『古事記』では白猪ですが『日本書紀』では大蛇となっています。

まずは草薙の剣を持って行かなかったこと、そして「言挙げ」、つまり声を出して山の神の使いだろうと言ってしまったのが、ヤマトタケルの犯した誤りでした。

這う這うの体で伊吹山を下り、湧き出る水を飲んで正気を取り戻したといいますが、その清水こそ、旧中山道醒井宿（米原市醒井）にある地蔵川の源流・居醒の清水でした。この居醒の清水のほとりには、ヤマトタケルの腰掛石や鞍掛石などがあります。また、横の地蔵堂に安置されている鎌倉時代の石地蔵は、その昔、水中におられたとのことで、尻冷やし地蔵とも呼ばれています。

岩の下から湧き出る地蔵川の清流には水中花・梅花藻が六月頃から咲き出して、今も多くの人々が訪れ、「平成の名水百選」にも選ばれています。

ちなみに、ヤマトタケルがたどり着いた清水とは、伊吹山裾野

居醒清水から流れる地蔵川の清流

の大清水、関ケ原の玉地区という説もありますが、街道沿いに位置することもあって、知名度では醒井の方に軍配が上がります。西行は「水上は清き流れの醒井に浮世の垢をすすぎてやみん」と詠んでいます。

戒壇再建のため浅井の郡司と勝負した慈恵僧正

慈恵《じえ》僧正は近江の浅井郡の生まれである。

僧正は、比叡山延暦寺の戒壇再建を志したが、人夫不足でなかなか進まなかった。

さて、そんな折、僧正の檀家で、個人的にも親しい浅井郡の郡司が、僧正を招いて法要を営んだ。

郡司は僧膳に供するため、目の前で大豆を炒って酢をふりかけたところ、僧正は、

「どうして酢をかけるのですか」

と訊ねた。郡司が、

「豆が温かいうちに酢をかけるのをスムツカリと申します。こうすれば豆の表面の皮にしわが寄って、箸でつまみやすくなるのです。こうしませんと、滑ってつまみにくいものですから」

と答えると、僧正は言った。

「酢をかけようとかけまいと大差ないでしょう。私なら、投げつけられた豆だって箸でつまめますよ」

　これには郡司もだまっておれず、

「僧正様といえでも、さすがにそれは無理でしょう」

と言い返して、互いに譲らなかった。

　そこで、僧正はこう提案した。

「では、できるかどうか、賭けをしましょう。もしも私が勝ったら、何としてもあなたのお力で戒壇を築いて頂きたいのですが、よろしいでしょうか」

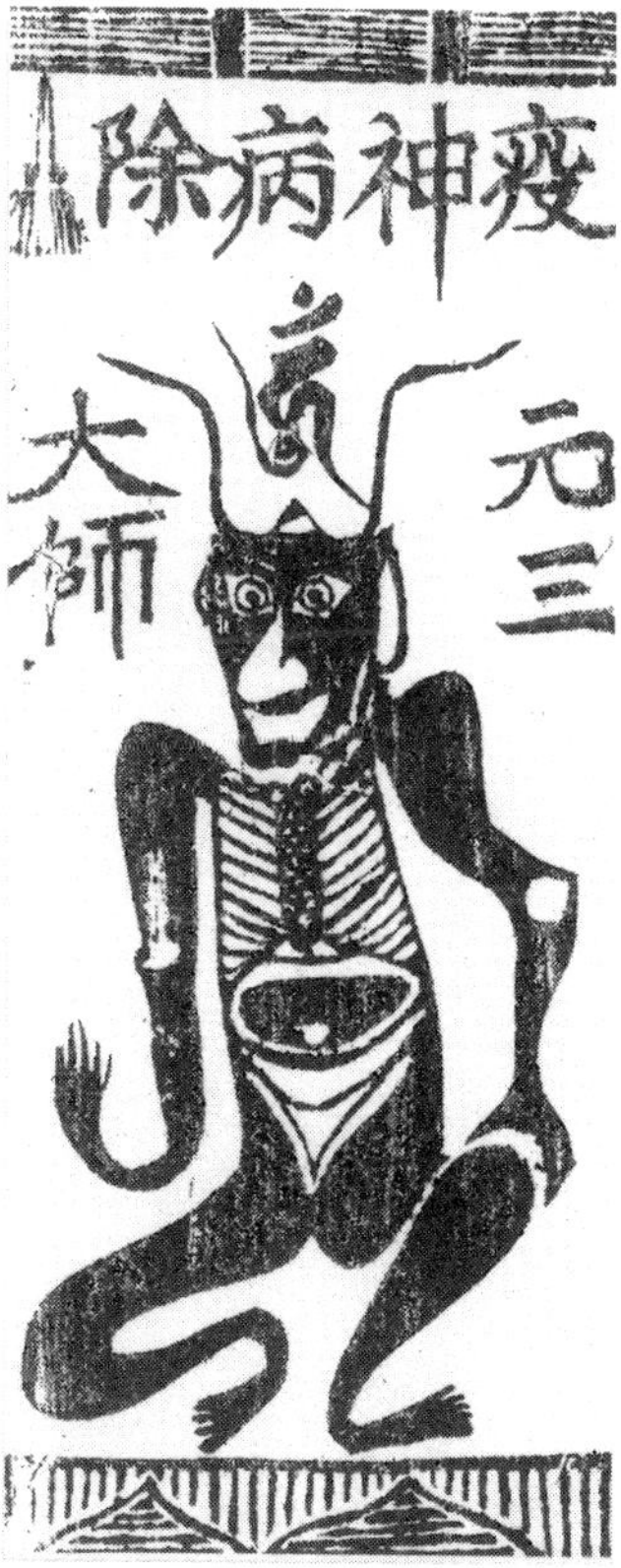

良源が鬼の姿になって疫病神を退散させたという「角大師」のお札

郡司は、

「そんなのお安い御用です」

と言って、僧正に向かって、炒り大豆を放り投げた。

すると、一間（約二メートル）ばかり離れたところにいる僧正は、一粒も落とさずに箸で挟んで受けた。この様子を見て驚愕しない者はいなかった。

そこで郡司は、先ほど絞った柚子の種を大豆に混ぜて投げてみた。さすがに柚子の種は滑りやすく、僧正はいったんは挟み損なったものの、素早く受け直して、事なきを得た。勝負は僧正の勝ちと決まった。

郡司は裕福な一族だったので、約束通り、大勢の人夫を動員して、何日もかからずに戒壇を築き上げてしまったという。

『宇治拾遺物語』第六十九話

延暦寺中興の祖、慈恵大師良源(九一二〜九八五)にはさまざまな伝説があります。生誕地・長浜市三川町にある玉泉寺の本尊・慈恵大師坐像(重文)は、病母のために里帰りしていた慈恵が、比叡山へ戻る自分の身代わりに自刻した像と伝わっています。

康保三年(九六六)、延暦寺では大規模な火災がありましたが、良源は藤原師輔の支援を取り付けて伽藍の再建に尽力しました。

良源は正月三日に没したため、元三《がんざん》大師と言われる他、角《つの》大師、摩滅《まめ》(豆)大師などさまざまな異称があり、またおみくじの元祖としても有名です。

ところでこの物語に出てくるスムツカリですが、北関東の郷土食シモツカレの起源だと言われています。それにしても豆を箸で挟むとはすごい芸当で、実際に試した人は、約五十粒目でようやく挟むことができたそうです。

虎姫町三川の玉泉寺。近くには元三大師御産湯井もある

湖面を歩く竹生島の老僧

昔、比叡山の僧たちが稚児を引き連れ、大勢で竹生島に参詣したことがあった。

島内の巡礼を済ませ、いざ帰ろうという段になって、稚児たちが、

「この竹生島の僧たちは水練がとても達者だと聞きました。それをこの目で確かめられないのが残念です」

と言い出した。

そこで、山僧の一人が急いで島の僧へ使いを送り、水練の様子を稚児に見せて欲しいと願い出たのだが、戻ってきた返事は、

「我々の水練の腕前を是非ともご覧頂きたいところなのですが、泳ぎがすこぶる達者で、面白い芸当のひとつもお見せできそうな若者たちが、生憎、所用で一人残らず島を出払っており、見て頂くことが叶いません。誠に口惜しいことでございます」

というものだった。

一行は致し方ないと諦めて、帰りの舟に乗って出発した。

さて、舟が二、三町（二、三百メートル）ほど進んだころだろうか、上等な袈裟をまとった、おそらくは七十歳を超えていそうな老僧が、僧衣の裾を脛の高さまでたくし上げて、水面を滑るような足取りで歩んで来た。そして、舟をおしとどめた。

乗っていた一行は目を白黒させて見入っていたが、老僧は気にも留めない様子で舟に近寄ると、

「ご要望があった旨を住僧から伺いました。この度は若い者たちの水練を見て頂けず、誠に面目ないです。老僧一同を代表して、改め

琵琶湖に浮かぶ神の島「竹生島」

てお詫びに参りました」

と申し述べ、またしても水面をこともなげに歩いて島へ戻って行った。

一行は、

「これ以上の見ものはあるまい」

と感心することしきりだった。

『古今著聞集』巻第十六

琵琶湖の北部に浮かぶ神の棲む島とも言われ、古くから多くの人に信仰されてきた竹生島。島には、聖武天皇の勅願により行基が開基した西国三十三所第三十番霊場・竹生島宝厳寺、伏見城の一部を移築・改修した本殿(国宝)を有する都久夫須麻《つくぶすま》神社があります。

十世紀中頃、竹生島は天台僧の修練の場で、荒行として、湖神の龍神へ捧げる捨身《しゃしん》の行「岩飛び」が厳修されていました。この説話の老僧は、もしかしたら竹生島の龍の背に乗って舟までやってきたのでしょうか。

毎年八月一日に天台宗伊崎寺（近江八幡市）で行われる「棹飛び」も同じく捨身の行で、棹の先端から数メートル下の琵琶湖へ飛び込みます。

近江八幡市伊崎寺の棹飛び

大井子の力石

佐伯氏長という男が初めて宮中の相撲節会《すまいのせちえ》に招かれ、越前国から上洛の途中、近江国高島郡石橋に馬でさしかかった時のこと。

見目麗しき女が、川の水を汲んで桶に入れ、頭上に乗せて運んでいるところに出くわした。

氏長はひと目で女が気に入った。このまま通り過ぎるのも惜しかったので、馬から下り、桶を支える女の腕のあたりへ戯れに手を差し伸ばしたところ、女は笑みを浮かべるばかりで、別段、逃げる素ぶりも見せなかった。

ますます愛おしく思った氏長は、今度は女の腕をしっかり握ってみた。

すると女は、桶から腕を放して、氏長の手を自分の脇へ挟んだ。

最初こそ、

「なかなか面白い女だ」

などと暢気に構えていた氏長であったが、しばらく経っても、女は挟んだ手を一向に放してくれない。

引き抜こうとすると、女の力が強すぎて、どうすることもできない。

ついには、不甲斐なくも引きずられる格好で、女の家まで連れて行かれた。

女は家に入って桶を下ろすと、ようやく氏長の手を放し、

「それにつけても、あんな悪さをするなんて、あんたはどこから来たの？」

と笑いながら尋ねた。女は、間近でみるとますます美しい。

「私は越前の者で、各地の力自慢を集めて行われる相撲節会へ招かれたので、これから都へ行くところだ」

女はこれを聞き、

「そうだったの。宮中での節会なら、各地から力自慢が集まるでしょうね。あんたも決して弱くはないけど、正直、都で通用するほどの怪力とは思えないわね。今日こうして出会ったのも何かの縁だわ。節会までまだ間があるなら、うちに二十一日ほどの間、泊まっていきなさいよ。その間、私が食事の世話などして、今よりは力がつくようにしてあげるから」

と申し出た。

確かにまだ日数もあるので、氏長は女の厚意に甘えることにした。

その夜から、女は氏長に、握り飯をたらふく喰わせた。

ところが女が握る飯は硬すぎて、最初の七日ほどはまったく歯が

高島大井子の話

大井子に引きずられる佐伯氏長。「あづまにしきえ」より（国立国会図書館蔵）

立たず、これぽっちも食べ切ることが出来なかった。しかし、翌週からは少しずつ食べ切ることが出来、最後の七日間は、苦もなく食べることができた。

こうして、女は二十一日間、かいがいしく食事の世話をしてくれた。そして、

「さあ、これで良し。ここまで鍛錬したのだから、めったなことでは他の男たちに負けないわよ。急いで都にお行きなさい」

と言って、送り出してくれた。

この女こそ、怪力で名高い高島の大井子《おおいこ》で、相当な広さの田を所有していた。

ある時、水利をめぐっての争論があり、大井子の田に水が引かれないことがあった。すると大井子は、夜の闇にまぎれて六、七尺（約二メートル）程の巨石を運んで来ると、水門にどっかと置いて、水が

水口石で水の流れを変える大井子（国立国会図書館蔵）

自分の田にだけ流れて、他人の田へはいかないように細工した。

翌朝、村人たちは巨石を見てびっくり。早速、取り除けようとしたが、百人がかりでも動かせそうになかった。それに石を除けるためにもしも大勢の人間が田へ入ると、田一面を踏み荒らしてしまうことになるため、どうすることもできなかった。

そこで、村人は大井子に謝ることにした。

「今後は欲しいだけ水を分けるので、どうかあの水口石を除けてください」

大井子は「そうですか」と言って、夜の間に巨石を退かせた。

その後、村での水論はなくなり、田が干上がることもなくなったという。

『古今著聞集』巻第十

日本の国技でもある相撲。宮中の年中行事として行われた相撲節会は、聖武天皇の時代から毎年七月七日の七夕の歌会に合わせて開催されていました。越前から京へ向かう途中、琵琶湖の西、石橋（高島市安曇川町）で出会った美人が、実は巨石を一人で動かすほどの怪力だったということの話、江戸時代には浮世絵の格好の画題となり、葛飾北斎や歌川国芳らが採り上げています。

ところで、高島市安曇川町は継体天皇が生まれた地です。天皇の長子を祀った、三尾里の安閑《あんかん》神社のすぐ傍には、「大井子の水口石」があります。その横には、神代文字と考えられる奇妙な模様を刻んだ大石も据えられています。

『古今著聞集』には、石橋より北の高島市海津に住む「大力の遊女金の事」が書かれています。また安曇川の南、大津市木津町は奈良時代の相撲の行司の祖・志賀清林《しがせいりん》の出生地と言われており、「志賀清林パーク」という公園があります。

どうやら、近江と相撲は結びつきが多いようで、日撫神社（米原市顔戸《ごうど》）では、後鳥羽上皇が参拝の際に披露した奉納角力、角力《すもう》おどりが今も続けられています。

ところで、相撲節会は、十二世紀になって都の治安悪化によりしばらく中止され、一旦は再開されるも、承安四年（一一七四）を最後に途絶。その後は神事相撲や武家相撲へと受け継がれていきました。

三尾里にある水口石。左は神代文字の石

仙人に会った葛川の僧

むかし、葛川《かつらがわ》というところに籠る修行僧がいた。

五穀を絶って山菜のみを食べ、日々、厳しい修行を積んでいると、ある時、高貴な僧が夢に現れて、こう告げた。

「比良山の峰には仙人が棲み、法華経を読誦《どくじゅ》して暮らしている。汝はただちにそこへ赴き、仙人と結縁《けちえん》すべし」

僧は夢から覚めるや、急いで比良山へ分け入り、仙人の姿を捜したが、一向に見つからなかった。

しかし、僧はあきらめない。

その後、幾日も山中を捜し歩いていると、遠くから、かすかに法華経を読む声が聞こえてきた。とぎれとぎれにしか聞こえなかったが、それでも声の尊さに心うたれた。

僧は喜び勇み、声の主を捜したが、どうしても見つけられない。それでも探し続けたところ、洞窟が目に入った。洞窟の前には、笠のような形の松の巨樹がそびえていた。

中を覗くと、ひとりの聖人《しょうにん》が座していた。からだは痩せこけて、骨と皮ばかり。青い苔が衣がわりであった。

僧に気づいた聖人が、

「そなたはいったい何者じゃ」

と問うので、僧は、

「葛川で修行している者です。夢のお告げに従ってここへ参りました。あなたさまと結縁させて頂きたく存じます」

と答えた。

仙人と出会ったという葛川の三の滝

すると、僧は言った。

「しばらくの間、わしから離れていてくださらんか。生身の人間の息吹きが煙のように目にしみて、辛いのじゃ。七日経ってから、もう一度、来なされ」

そこで、僧は洞窟から少し遠のいた場所で寝泊りすることにした。それから七日間というもの、聖人は法華経を昼夜わかたず読誦し続けた。僧はその読経を聴いていると、おのれの罪障が消え去っていくような心地がした。

また、僧が心底、驚かされたことがあった。鹿、熊、猿、その他の鳥獣たちが次々に木の実を持って現れては、聖人へお供えするのである。かの聖人こそ、まさに仙人そのものであった。

やがて仙人は、一匹の猿に命じて、木の実を僧のところへも届けさせた。

さて、そうこうするうちに七日が経った。

回峰行で山道を歩く修行僧

僧が洞窟のそばまで行くと、仙人が言った。

「わしは元は興福寺の僧であったが、寺での修行に飽き足らず、寺を離れて山へ籠り、ひたすら仏道修行に明け暮れるうち、はからずも仙人の身となった。いまや、兜率天《とそつてん》へ上って弥勒菩薩様にお目にかかることもできるし、恐れも災厄とも無縁じゃ。また、洞窟の前に生える松樹が笠となってくれているから、雨風はしのげるし、夏は蔭になって涼しく、冬は寒風が吹きこんでこない。このようなわしの元へそなたが来たのも、前世からの因縁であろう。今後もここにとどまり、修行を続けるがよい」

僧は仙人のことばを聴いて深い感銘を受けたが、同時におのれはそうした究極の修行には耐えられない身であると悟った。

そこで、その旨を仙人へ告げて、あつく礼拝してから洞窟を去った。仙人の神通力のおかげで、帰路はあっという間に元の葛川へ戻り着いた。

僧は洞窟での一件を、仲間の僧たちに語って聞かせ、皆は仙人の生きざまをおおいに尊んだという。

『今昔物語集』巻第十三第二話

天台行者が葛川参籠する明王院は、堅田からバスで約四十五分の坊村町《ぼうむらちょう》にあります。千日回峰行の祖・相応和尚《そうおうかしょう》は浅井郡(現・長浜市北野町)の出身で、円仁から不動明王法などの伝授を受け、二十九歳の時、比良連峰、安曇川の水源地区に入り、穀類、塩を絶って修行しました。奇僧ともいわれる相応は食事に嗜好品は摂らず、シナ布に杉の下駄の姿。牛馬に乗ったこともないと言われていました。

天安二年(八五八)、相応は円仁の命により、修行途中で山を下り、西三条女御に加持祈祷を行いました。これが最初の霊験とさ

粗末な身なりで、呪文を唱えるのが相応和尚。『田米知佳画集』より（国立国会図書館蔵）

れています。『宇治拾遺物語』巻十五第八では、染殿后(藤原明子)が物怪に悩まされているのを調伏した話が記されています。

『葛川縁起』によれば、葛川の地主神の眷属二人の導きにより三の滝に至り、七日間飲食を断って参籠し、満願の日、不動明王を感得した相応が御体に抱きつこうと滝壺に飛び込むと、それは桂の古木でした。この霊木に像を刻み、安置したのが、貞観元年(八五九)明王院の始まりといいます。なお、葛野常喜家・葛野常満家は相応を三の滝へ案内した二人の末裔とされ、現在も信徒総代として奉仕されています。

毎年七月に行われる夏安居《げあんご》は百日回峰の行者が参加し、十八日深夜の「太鼓回し」は、相応が滝壺に飛び込んだ故事に倣い、大太鼓に飛び乗り、飛び降りるという勇壮な行事です。

葛川明王院の太鼓廻し

出典の解説

『古事記』

天武天皇の命により和銅五年（七一二）に太安万侶《おおのやすまろ》が撰録、元明天皇に献上した日本最古の歴史書。天皇家の歴史を推古天皇（第三十三代）まで三巻にまとめた。その八年後に完成した『日本書紀』は持統天皇（第四十一代）まで、年代順に記載、国家の公式な歴史として三巻にまとめた。

『今昔物語集』

作者未詳。成立の上限は平安時代後期一一二〇年頃と推定されているが下限は不明。天竺（インド）、震旦（中国）、本朝（日本）

の仏教説話と世俗説話に分けられ、全三十一巻(八、十八、二十一巻は欠巻)、一千余話を収録。書名は各説話が「今は昔」で始まることに由来する。登場人物は皇族・貴族、僧侶・武士、和歌・管弦・医術・占術・陰陽の名人、芸能、強盗、妖怪とさまざまである。『今昔物語集』の名前が他の資料に見えるのは一四四九年からと言い、それまでは広く流布されていなかったようである。芥川龍之介は今昔物語集にヒントを得て、『羅生門』『鼻』『芋粥』などの作品を書いた。

『宇治拾遺物語』

編者未詳。鎌倉時代初期一二一三〜一九年頃に成立か。仏教説話、世俗説話のほか、笑話や民話も含め、一九七話を収める。貴族階層や既成宗教の権威を相対化するような姿勢が強い。『今昔物語集』『古事談』『古本説話集』と多くの同話を含む。序文には源隆国の『宇治大納言物語』を書き集めたとある。「こぶとり」「腰折れ雀」などの童話も収められている。

『古今著聞集』

橘《たちばなの》成季《なりすえ》により建長六年（一二五四）に編纂、二十巻、三十編七二六話からなる。説話をジャンル毎に三十篇に分類、各編の最初に「序」として要約が述べられている。王朝貴族に関する説話などが多く見られる一方、鎌倉時代に入ってからの話も三分の一収録。官職を引退した後、優雅な物語を収集しようとしていたが、取材するうちに民間伝承も含めたものになったとされる。

『古事談』

源《みなもとの》顕兼《あきかね》編、六巻、四六二話を収録。一二一二〜一五年の間に成立。奈良時代から平安中期までの四六二話を収録した説話集。公卿の日記や史書などからの引用が多く天皇・貴族・僧侶等の珍談秘事も多い。

『古本説話集』

編者未詳。成立は平安末期か。『古本説話集』という書名は、写本が昭和十八（一九四三）年に発見されたときの仮題で、本来の書名は不明。二巻からなり、和歌説話四十六話、仏教説話二十四話を収録。『今昔物語集』、『宇治拾遺物語』と共通する説話が多い。

『沙石集』

鎌倉時代一二八三年に、東国出身の僧・無住が集めた十巻からなる仏教説話集。読みは「させきしゅう」「しゃせきしゅう」の両様がある。成立後、著者による補訂や添削が何度も行われている。説話を方便として読者に仏教理解を深めてもらうのが、執筆の意図であった。滑稽譚や笑い話は、後に狂言や落語に影響を与えた。

『俵藤太物語』

御伽草子。作者不明。室町時代の成立か。『俵藤太草子』『たわら藤太秀郷』等の異称もある。前半は『太平記』巻十五等に拠りつつ、俵藤太の武勇を記す。三井寺への信仰が色濃くにじむ。後半は、平将門の討伐譚である。

あとがき

説話で近江をめぐる。

本書では、そんな大胆な試みに挑戦してみました。

私は浪花っ子ゆえ、そこかしこで思わぬ誤りを犯していることでしょうが、何卒、ご寛恕下さい。

なお、各話のうしろに付された解説は多くをサンライズ出版株式会社編集部に負っています。有難うございます。

最後になりましたが、出版事情が厳しい折に本書の刊行をご決断下さった同社の岩根順子様、岩根治美様へ深甚の謝意を表したいと思います。

二〇二〇年四月吉日

上方文化評論家　福井栄一　拝

関係年表

時代	西暦	和暦	書籍等成立年	出来事
白鳳	667	天智6		大津京へ遷都
	668~686	天智~天武		東山道整備がされる
	694	持統8		藤原京へ遷都
	701~715	大宝~霊亀		安吉勝氏の田作人2名、蒲生から藤原京へ
奈良	710	和銅3		平城京へ遷都。元明天皇（天智天皇の第4皇女）の勅令で、行基により「雪野寺」創建（現在の龍王寺）
	712	和銅5	古事記	
	720	養老4	日本書紀	
	729	天平1		長屋王亡くなる。倉橋部女王の歌万葉集
	734	天平6		天覧相撲始まる
	742	天平14		紫香楽宮造営開始
	743	天平15		聖武天皇、甲賀寺に大仏建立の詔
	747	天平19		石山寺創建
	777	宝亀8		小野時兼、雪野寺に梵鐘を寄進
	785	延暦4		最澄、東大寺戒壇院で具足戒を受け、正式な僧侶となる

時代	西暦	和暦		事項
	788	延暦7		最澄、一乗止観院を創建
平安	794	延暦13		平安京へ遷都
	804	延暦23		最澄、唐に渡る
	811	弘仁2		坂上田村麻呂死去
	812	弘仁3		田村神社創建
	822	弘仁13		最澄死去、一乗止観院は「延暦寺」の寺額を勅賜
	827	天長4		延暦寺戒壇院建立
	831	天長8		相応生まれる
	838	承和5		円仁最後の遣唐使として唐に渡る
	847	承和14		円仁帰国
	853	仁寿3		円珍入唐求法の旅へ。6年後帰国
	858	天安2		円珍帰国 相応が西三条女御に加持祈祷を行う
	859	貞観1		明王院の始まり 三井寺新羅神社建立
	865	貞観7		相応、東塔、無動寺創立 相応、染殿后を悩ます天狗を調伏

平　安

886	仁和2		鈴鹿峠が整備される
912	延喜12		良源生まれる
918	延喜18		源博雅生まれる 相応88歳で死去
935	承平5		延暦寺大火災により根本中堂など41の諸堂が被災
940	天慶3		藤原秀郷が平将門の乱を鎮圧
946	天慶9		村上天皇即位 蝉丸の霊を合祀、関大明神蝉丸宮と称する 明救生まれる
950	天暦4		敦実親王出家して仁和寺に住する
966	康保3		慈恵18代天台座主になる。この年東塔・四王院などが焼失 源博雅『新撰楽譜』の作成をする
967	康保4		敦実親王死去
976	天延4		6月16日大地震で関寺倒壊
980	天元3		源博雅死去
985	寛和1		1月3日慈恵死去

平　安

993	正暦4		円珍門下三井寺へ。寺門派となる
1007	寛弘4		一条天皇が勅額を下賜、雪野寺が龍王寺と改称
1012〜17	長和年間		恵心僧都、関寺復興発願
1018	寛仁2		関寺本尊完成
1019	寛仁3		明救天台座主となる
1021	治安1		藤原道長と倫子が関寺参拝
1022	治安2		関寺伽藍完成
1025	万寿2		5月16日藤原道長関寺参向
			6月2日関寺の牛亡くなる
1027	万寿4		関寺再興
1028	長元1		藤原道長死去
1078	承暦2		石山寺火災により本尊被災
1104〜08	長治〜嘉承	江談抄	
1111	天永2		大江匡房死去
1120頃		今昔物語集	
1121	保安2		延暦寺山徒、三井寺の塔堂を焼く
1122	保安3		相撲節会中断

平安	平安末期?		古本説話集 栄花物語	
	1174	承安4		最後の相撲節会
鎌倉	1192	建久3		源頼朝征夷大将軍任命
	1212〜15	建久〜建保	古事談	
	1212〜40	建久〜仁治	平家物語	
	1213〜19	建暦〜承久	宇治拾遺物語	
	1220	承久2		後鳥羽上皇が長浜の名超寺へ行幸の後、日撫神社に立ち寄られ相撲を披露
	1224	貞応3		仏心寺矢取地蔵造像
	1254	建長6	古今著聞集	
	1264	文永1		三井寺の梵鐘比叡山へ運ばれる
	1267	文永4		梵鐘、幕府の命により三井寺に戻る
	1283	弘安6	沙石集	一遍上人関寺に逗留。7日間の踊り念仏行う
	1308	延慶1	是害房絵巻　天狗	
	1309	延慶2	春日権現験記	
	1324〜26	正中〜嘉暦		

	1333	元弘3	石山縁起絵巻	鎌倉幕府滅びる
室町	1338	延元3／暦応1		足利尊氏征夷大将軍任命
	1347	貞和3		足利尊氏により新羅善神堂再興
	〜1370頃		太平記	
	室町期		俵藤太物語	
	1400年前半	応永〜宝徳	三国伝記	
	1453	享徳2	矢取地蔵縁起絵巻	
	1479	文明11		関寺に宿が置かれていた
	1570頃	元亀年間		長安寺開山

主な参考文献

『ある郷土料理の一〇〇〇年―「元山大師の酢ムツカリ」から「シモツカレ」へ』松本忠久　文芸社　二〇〇二年
『石山寺の信仰と歴史』鷲尾遍隆監修　思文閣出版　二〇〇八年
『近江の考古と地理』高橋美久二編　サンライズ出版　二〇〇六年
『今昔物語集の世界』岩波ジュニア文庫　小峯和明　岩波書店　二〇〇二年
『説話の森―中世の天狗からイソップまで』岩波現代文庫　小峯和明　岩波書店　二〇〇一年
『中世説話の世界を読む』小峯和明　岩波書店　一九九八年
「土田庄田地注文」『近江学第2号』大橋信弥　サンライズ出版　二〇一〇年
『伝説の将軍藤原秀郷』野口実　吉川弘文館　二〇〇一年
『となりの神様仏様』稲垣泰一　小学館　二〇〇四年
『平安京の仰天逸話』小林保治　小学館　二〇〇三年
『三井寺文学散歩』福家俊彦　三井寺　二〇一七年
『矢とりの地蔵　秘めたる観音―仏心寺のほとけたち』愛荘町歴史文化資料集第7集　愛荘町立歴史文化博物館　二〇一〇年

なお、古典文学作品については、『新編　日本古典文学全集』（小学館）、『新日本古典文学大系』（岩波書店）等を参看しました。多大の学恩を蒙りましたこと、深謝致します。

■著者略歴

福井　栄一（ふくい・えいいち）

大阪府吹田市生まれ。

京都大学法学部卒。京都大学大学院法学研究科修了。法学修士。

上方文化評論家。四條畷学園大学 看護学部 客員教授。剣道２段。

上方を中心とする日本の歴史・文化・芸能に関する講演を国内外の各地で行うとともに、書籍を（本書を含め）通算30冊刊行している。

主な著書：『説話をつれて京都古典漫歩』京都書房 2013、『説話と奇談でめぐる奈良』朱鷺書房 2019、『鬼・雷神・陰陽師』PHP 研究所 2004、『増補版 上方学』朝日新聞出版 2012、『古典とあそぼう（全３巻）』子どもの未来社 2009など。

http://www7a.biglobe.ne.jp/~getsuei99

現代語訳　近江の説話

伊吹山のヤマトタケルから三上山のムカデまで　　淡海《おうみ》文庫65

2020年４月20日　第１刷発行　　N.D.C.914

著　者　福井　栄一

発行者　岩根　順子

発行所　サンライズ出版株式会社

〒522-0004 滋賀県彦根市鳥居本町655-1

電話 0749-22-0627

印刷・製本　サンライズ出版

ISBN978-4-88325-197-1 Printed in Japan　定価はカバーに表示しています。

乱丁・落丁本はお取り替えいたします。

淡海文庫について

「近江」とは大和の都に近い大きな淡水の海という意味の「近（ちかつ）淡海」から転化したもので、その名称は「古事記」にみられます。今、私たちの住むこの土地の文化を語るとき、「近江」でなく、「淡海」の文化を考えようとする機運があります。

これは、まさに滋賀の熱きメッセージを自分の言葉で語りかけようとするものであると思います。

豊かな自然の中での生活、先人たちが築いてきた質の高い伝統や文化を、今の時代に生きるわたしたちの言葉で語り、新しい価値を生み出し、次の世代へ引き継いでいくことを目指し、感動を形に、そして、さらに新たな感動を創りだしていくことを目的として「淡海文庫」の刊行を企画しました。

自然の恵みに感謝し、築き上げられてきた歴史や伝統文化をみつめつつ、今日の湖国を考え、新しい明日の文化を創るための展開が生まれることを願って一冊一冊を丹念に編んでいきたいと思います。

一九九四年四月一日